grafit

Die finnische Originalausgabe »Hyvä veli, paha veli« erschien 2003 bei
Gummerus Kustannus Oy, Helsinki, Finnland

Taschenbuchausgabe

Chemnitzer Str. 31, 44139 Dortmund
Internet: http://www.grafit.de
E-Mail: info@grafit.de

Umschlagfoto: © kallejipp / photocase.com
Druck und Bindearbeiten: GGP Media GmbH, Pößneck
ISBN 978-3-89425-563-3
1. 2. 3. 4. 5. / 2012 2011 2010

Matti Rönkä

Bruderland

Kriminalroman

Aus dem Finnischen von
Gabriele Schrey-Vasara

grafit

Matti Rönkä wurde 1959 in der finnischen Provinz Karelien geboren. Er studierte Sozialwissenschaften an der Universität Helsinki und absolvierte anschließend eine Ausbildung zum Journalisten. Heute lebt er mit seiner Frau und drei Kindern in Helsinki, wo er als Nachrichtensprecher beim finnischen Fernsehen tätig ist.

Rönkäs erster Roman um den Privatdetektiv Viktor Kärppä, *Der Grenzgänger*, wurde in Finnland auf Anhieb ein sensationeller Erfolg, mit dem finnischen Krimipreis 2006 sowie dem ›Deutschen Krimi Preis 2008‹ ausgezeichnet und auf den zweiten Platz der ›KrimiWelt-Bestenliste‹ des Jahres 2007 gewählt.

HELSINKI, VORORT VUOSAARI, 01.42 UHR

Die Schneeflocke war schön und makellos. Doch das gilt wohl für alle Schneeflocken. Sie schwebte vom schwarzblauen Himmel herab ins Licht und in das Auge des Jungen. Der Junge lag halb auf der Seite, den einen Arm hinter dem Rücken, sodass die Schultern die Erde berührten und das Gesicht direkt nach oben in die Nacht blickte. Noch vor einer Weile hätte der Junge geblinzelt, doch nun blieben seine Augen offen.

Es schneite sacht, aber beständig, und bald brachte die schwindende Körperwärme des Jungen den Schnee nicht mehr zum Schmelzen. Die Schuhe, die Beine, der mit einer Jacke bekleidete Körper, dann der dunkelhaarige Kopf, der ganze Junge, ein Mensch, wurde in einen weißen Schleier gehüllt. Auf der bloßen Haut kristallisierten sich die Wassertropfen zu Eis. Es schneite heftiger, der Junge verwandelte sich in eine Schneewehe.

Auch der Junge war äußerlich heil, schön und makellos. Aber innen war er bereits zerstört. Er war tot. Der Sohn einer Mutter.

HELSINKI, VORORT VUOSAARI, 15.30 UHR

Petteri Muukkonen fuhr einen Bobcat. Er hielt den Motor gleichmäßig auf dem höchsten Drehmoment und lenkte die geschmeidige Maschine mit zwei Stangen und den Pedalen. Der kleine Kompaktlader drehte sich fast um die eigene Achse, stürzte sich dann auf den nächsten Schneehaufen, hob vereiste Klumpen auf die Ladefläche des Lasters. Der Hof war eng, doch die Maschine ramponierte kein Klettergerät und zerkratzte nicht ein einziges Auto.

Die Objektbetreuung *Best-Service* zahlte Petteri bereits seit zwei Jahren ein zwar knappes, aber dem Gesetz und dem Tarifvertrag entsprechendes Gehalt. Petteri versäumte es nie, am Zahltag über den miserablen Lohn zu klagen, wie seine Kollegen schimpfte er mannhaft über die miese Arbeit und trat gegen die dicken Reifen und die Schaufel des Bobcats.

Dabei hätte er die Maschine am liebsten gestreichelt und um Verzeihung gebeten, denn der kleine Traktor schien ihn traurig anzusehen. Und Petteri pflegte seinen Bobcat liebevoll. Er hielt ihn sauber, stopfte den Riss im Sitzbezug mit festem schwarzem Garn, sodass man ihn kaum noch sah, und brachte in der Kabine eine japanische Autostereoanlage an, die aus einem CD-Player und zwei überdimensionierten Lautsprechern bestand; die Bässe überdröhnten den Motor, dum-du-dum-dum. Petteri wechselte das Öl und den Filter, bevor die empfohlene Frist abgelaufen war, und lauschte auf die Geräusche der Ventile und das Surren der Lichtmaschine wie eine junge Mutter auf das leiseste Husten ihres Babys. Er wurde geradezu wehmütig, wenn er den Bobcat an seinen freien Tagen in der Halle lassen oder, noch schlimmer, auf irgendeinem unbewachten Hof abstellen musste, wo ihn jemand beschädigen konnte. Petteri litt, wenn ein anderer seinen Bobcat benutzte, ihn wüst lenkte und den Motor aufheulen ließ.

Petteri fuhr behutsam vom Hof des Hochhauses in Vuosaari. Auch der benachbarte kleine Park gehörte zum Aufgabenbereich des *Best-Service*. Zwei Laster schafften abwechselnd die Schneefuhren fort. Die Ladefläche des Volvo war gerade voll geworden und der Scania war noch nicht wieder zurück.

Petteri dachte daran, wie Tolonen, der Servicedirektor der Firma, ihn bei der Arbeit beobachtet und bewundernd gesagt hatte, wenn es in dieser Disziplin Wettkämpfe gäbe, wäre Muukkonen ein Platz in der Nationalmannschaft sicher. Abends vor dem Einschlafen malte sich Petteri manchmal einen Grand Prix für Bobcats aus, zuerst regionale Ausscheidungskämpfe, dann Meisterschaften auf nationaler Ebene und zum Schluss vielleicht etwas Internationales. Allerdings herrschten in den einzelnen Ländern ja doch sehr unterschiedliche Bedingungen. Wenn es um Schnee geht, sind wir Finnen gut, aber wie würden wir mit Kies oder Treibsand zurechtkommen, überlegte er.

Petteri saß in der engen, warmen Kabine seines Bobcats und wartete, doch der blaue Scania ließ sich nicht blicken. Er sah etwas Dunkles am Rand eines Schneehaufens. Wahrscheinlich eine Plastiktüte oder ein Schal. Er kam auf die Idee, den Gegenstand mit der Schaufel seines Traktors aufzupicken, als ginge es um einen Geschicklichkeitstest im Grand Prix. *Als Nächster, next, Petteri M-u-u-u-u-k-k-o-n-e-n, Suomi Finland …*

HELSINKI, VORORT VUOSAARI, 17.25 UHR

Auch die Polizei und später der Pathologe lobten Petteri Muukkonens Geschicklichkeit. Die unter dem Schnee verborgene Leiche eines jungen Mannes war unversehrt und sauber geblieben, denn Petteri hatte die Schaufel vorsichtig und präzise gelenkt, um aufzupicken, was er für eine Tüte oder ein Kleidungsstück gehalten hatte. Er war so behutsam gewesen, als hätte er es mit einem Paket zu tun, auf dem in großen roten Buchstaben stand: *Zerbrechlich.*

Der Fahrer des Scania, der zum Schneeholen zurückgekommen war, hatte die Polizei alarmiert. Petteri hatte mit dem Bobcat den Schnee von der Leiche abgetragen, war dann aber ratlos neben seiner Maschine stehen geblieben, von einem Fuß auf den anderen tretend, und hatte nicht gewagt, sich der nun als Mensch zu erkennenden Gestalt zu nähern. Die Polizisten klopften Schnee und Eis von dem bereits steif gefrorenen Toten ab, die letzten Reste tauten im Leichensack und rannen schließlich als dünnes Bächlein auf den Obduktionstisch und in die Kanalisation.

Die Obduktion bestätigte später, was die Polizisten am Fundort bereits vermutet hatten. An der Leiche waren keine Prellungen oder sonstigen Spuren von Gewaltanwendung festzustellen, auf dem Gesicht lag der unschuldige, wenn auch leicht verwunderte Ausdruck von einem, der in sanften Schlaf gesunken ist, und in der Tasche fanden sich zwei Einwegspritzen und ein kleiner Plastikbeutel mit einem weißen Pulver.

Husso und Tissari vom Gewaltdezernat blieben nach der Abfahrt des Leichenwagens pflichtbewusst vor Ort und schoben mit den Stiefelspitzen Eisbröckchen hin und her. Sie betrachteten die dunkle Hofecke, schritten sie langsam Sektor für Sektor ab und untersuchten den Boden im Licht ihrer Taschenlampen.

»Alles klaro, denk ich mal, ein ungewöhnlich klarer Fall, geradezu verdampft klar«, sagte Husso. Er zitierte zu gern aus den Filmen und Fernsehserien, die seine Kinder vor- und zurückspulten. Tissari ärgerte sich über diese Angewohnheit nicht weniger als über die Redseligkeit und den bisweilen übertrieben breiten Dialekt seines Partners. Er hatte schon einen nüchternen Kommentar parat, schluckte ihn aber herunter, als ein Mann in elegantem blauem Wollmantel, einen gelben Schal um den Hals, über den Hof geschliddert kam.

»Schau an, das dynamische Duo Hissi und Tussari, ach nee, Tussi und Hitsari, oder doch andersrum?«, begann der Mann. »Nanu, ist die Leiche schon weg? Ich hab mich ein bisschen verfahren, Vuosaari ist heutzutage das reinste Mogadischu«, setzte er hinzu und fing gleich darauf zu pfeifen an.

»Na so was, der Meister persönlich«, grinste Husso. »Ist eher ein Fall fürs Rauschgiftdezernat als für uns. Eigentlich war's ja sowieso ein Unfall, Überdosis ...«

»Habt ihr schon seinen Namen?«, unterbrach der Mann Hussos Erklärung und sein eigenes Pfeifen. Tissari hatte es gerade geschafft, die Melodie zu erkennen. Es war das Kirchenlied *Ich bin ein Gast auf Erden.*

»Klar, er hatte einen Ausweis bei sich. Und jemand aus seiner Familie hat ihn auch schon identifiziert. Wie war der Name noch ... ja richtig, nicht Minimainen, sondern Maksimainen, Jewgenij«, las Husso von seinem Notizblock ab. »Sicher wieder einer von diesen Ingermanländern.«

»Verdammte Scheiße!«, fluchte der Mann im blauen Mantel. Tissari erwartete, dass er wieder pfeifen würde, doch der Mann pustete nur in die Luft, mit zierlich gespitzten Lippen, als ob er Flöte spielen würde. »Das hatte mein Traum also zu bedeuten. Schon der vierte aus derselben Clique.«

Der Mann verschränkte die Arme hinter dem Rücken, wiegte sich hin und her, sah auf die Erde und sang halblaut. Tissari lief es kalt den Rücken hinunter, als er die Worte hörte: *Ach Gott, die armen Kinder Dein begehren Gnad und Segen.*

»Seine Familie weiß also schon Bescheid?«, fragte der

Mann, drehte sich aber im selben Moment um und ging grußlos davon.

Tussari sah seinen Partner verwundert an.

»Ach ja, du kennst Korhonen noch nicht. Na ja, der ist manchmal etwas eigenartig«, sagte Husso fast entschuldigend. »Er hat mit diesen Umsiedlern und Drogenheinis zu tun. Vielleicht wird ihm der Job allmählich zu viel.«

I

Nach Dir sehnt sich mein Herz,
mein Geist, er ruft nach Dir.
Allein deshalb, aus Sehnsucht nur,
steh ich in Tränen hier.

Lied 600 des finnischen Gesangbuchs

EINS

Die Männer von der Zentralkripo waren mir so willkommen wie das Gedudel des Eisverkäufers an einem verkaterten Morgen. Ich kam von der Baustelle nach Hause und sah sie wartend in einem Opel sitzen, der eine seltsam blauviolette Farbe hatte. Er versperrte die schmale Straße. Ich manövrierte meinen Toyota-Lieferwagen durch die enge Lücke und hielt vor der Treppe zu meinem Haus. Die Männer stiegen aus. Ich redete mir Mut zu: In letzter Zeit hatte ich nichts getan, was die Kripo interessieren könnte. Na ja, fast nichts.

»Viktor Kärppä?», erkundigten sie sich wie die Abo-Anbieter am Telefon, obwohl sie es genau wussten. Sie waren beide von gleicher Art und Statur, der eine trug einen hellen Anorak, der andere eine braune Lederjacke. Sie stellten sich vor und drängten sich an mir vorbei ins Haus. Ich verkniff mir die Frage nach einem Durchsuchungsbefehl und bat sie stattdessen freundlich, doch bitte näher zu treten, sprach allerdings zu ihren Rücken; die Männer waren schon in der Küche.

»Womit kann ich Ihnen behilflich sein?«, fragte ich, als ich sie eingeholt hatte. Die Polizisten betrachteten unverfroren die Papiere auf dem Tisch, gingen in die anderen Zimmer, und von der Tür aus sah ich, dass sie Bücher aus den Regalen nahmen und Schränke öffneten.

»Da schau her, der Russe hat schon den Jargon aufgeschnappt«, sagte der Mann in der Lederjacke. Es war eher eine verwunderte Feststellung als eine höhnische Bemerkung. Dann warf er das Buch, in dem er geblättert hatte, ohne ein Wort zu lesen, achtlos zu Boden und trat vor mich hin. Ich stellte mir vor, wie er mit ähnlich steifen Schritten unzählige Male im Fitnesscenter von einem Gerät zum anderen gegangen war und im Wandspiegel seine bebenden Brustmuskeln betrachtet hatte.

»Wir wissen, dass die Helsinkier Drogenfahndung ihre schützende Hand über dich hält. Aber wir sind von der Zentralkripo und hier geht es um einen Film, der ein bisschen größer ist als das Leben.«

Lederjacke legte eine Kunstpause ein, dehnte den Hals, als hätte er sich am Expander die Nackenmuskeln gezerrt. »Na ... unterhalten wir uns doch mal über die Hormone, die du der finnischen Skinationalmannschaft seit Jahren lieferst«, setzte er dann fast freundlich hinzu.

Ich starrte ihm ausdruckslos in die Augen und versuchte, mir einzureden, dass ich größer und älter und stärker war und keine Angst zu haben brauchte. Aber ich wusste, dass ich in bitterbrauner Scheißbrühe schwamm. Und dass es ratsam war, nicht zu tauchen.

Die Burschen von der Zentralkripo erklärten, sie würden mich zur Vernehmung nach Tikkurila mitnehmen. Ich nickte, was kann es an einem Frühlingsabend Schöneres geben als einen Ausflug, aber wartet mal, ich schalte den Videorekorder ein, damit ich die Kindersendung und den Wetterbericht nicht verpasse. Lederjacke musste lächeln, während der Mann im Anorak seine ganze Konzentration darauf verwendete, unfreundlich zu gucken.

Ich schloss die Haustür ab und bemühte mich, hilfsbereit

zu erscheinen; ich schlug vor, bei meinem Büro in Hakaniemi vorbeizufahren und nachzusehen, was ich noch an Unterlagen von dem Job für den Skiverband hatte. Ich dachte mir, dass es sich nicht lohnte, leicht aufzuspürende Fakten zu bestreiten. In der Buchführung des Verbandes würden sich viele Quittungen über Honorarzahlungen an Viktor Kärppä oder VK-Easttrading oder Ost-Assistenz Hakaniemi finden, meine Firmen, und auch im Handelsregister auf meinen Namen eingetragen.

Ich saß im Fond des Opels, und als wir am Wissenschaftsmuseum Heureka vorbei nach Jokiniemi fuhren, bedankte ich mich für die Sightseeingtour. Der Fahrer sah mich im Rückspiegel an, sagte aber nichts. Das Gebäude der Zentralkripo stand einsam in der weiten Ebene, ein unzugänglicher Kasten aus dunklem Stein und hellerem Beton. Die Zufahrt bildete ein merkwürdig gewundenes U. Die Polizisten stellten den Opel auf einem Parkplatz ab, vor dem ein kleines Schild mit der Aufschrift *RESERVIERT* stand, und führten mich durch ein blaugraues Tor in einer Art Burgmauer hinein.

Der Vernehmungsraum wirkte wie ein normales Büro, das zum provisorischen Konferenzzimmer umfunktioniert worden war. Das Laminat der Tischplatte hatte ein Holzmuster und die Stühle passten nicht zueinander. Man ließ mich warten. Ich vermutete, dass dies zur üblichen Taktik gehörte, aber der leicht übergewichtige Mann in meinem Alter, der schließlich hereinschnaufte und sich als Kommissar Sahlgren vorstellte, wirkte aufrichtig, als er sich für die Verspätung entschuldigte.

Sahlgren fragte und ich antwortete. Manchmal hatte er es eilig und stellte schon die nächste Frage, bevor ich mit meiner Antwort fertig war, dann wieder starrte er auf seine

Unterlagen, auf den Tisch und an die Wand und ächzte leise. Inzwischen hing ich meinen Gedanken nach. Ich musste lächeln, als ich mich an die Spezialausbildung bei der Armee erinnerte, an die Überlebensregeln und die Vernehmungsübungen, bei denen Härte und Ausdauer auf die Probe gestellt wurden.

Ich verscheuchte das Lächeln von meinem Gesicht und machte mich darauf aufmerksam, dass diese Sitzung nicht meine größte Sorge war. Hier brauchte ich mir keine Gedanken darüber zu machen, wie ich mit Schlafentzug zurechtkäme oder mit Kälte, mit dem Wechsel von Dunkelheit und gleißendem Licht oder mit allmählich stärker werdenden Stromstößen. Dagegen hatte ich die Befürchtung, dass man mich unter ständige Beobachtung stellen könnte und meine Geschäfte in die Binsen gingen.

Also berichtete ich ausführlich über meine Tätigkeit für den Skiverband. Ich erzählte, dass die finnischen Skisportler regelmäßig zu Wettkämpfen nach Kaukolowo reisten, dass ihre russischen Kollegen nach Salpausselkä und Puijo kamen und Trainer und Funktionäre sich bei Seminaren trafen. Und da es in Helsinki zufällig einen ehemaligen Skisportler gab, der die Leningrader Sporthochschule absolviert hatte und Finnisch und Russisch sprach, hatte dieser Mann Dolmetscher- und Beraterausträge übernommen, natürlich.

Ich berichtete ungefragt, dass ich in den letzten zwei Jahren nicht einmal mehr Übersetzungen für den Skiverband gemacht hatte. Man hatte mir keine Aufträge angeboten und ich hatte mich nicht aufgedrängt. Ich bemühte mich, meine ehrliche Miene nicht zu übertreiben, sondern mit normal ernstem Gesicht zu erzählen, wie ich Kyrö und Vähäsöyrinki und viele andere Trainer und Skiläufer getroffen hatte. Die meisten hatte ich schon in den Achtzigern kennengelernt, als ich mit der sowjetischen B-Nationalmannschaft an einigen internationalen Wettkämpfen teilgenommen hatte und mit den finnischen Skiläufern ins Gespräch gekommen war.

Sahlgren saß schräg nach hinten gelehnt auf seinem Stuhl, die geblümte Krawatte balancierte auf dem schmalen Grat zwischen geschmacklos und kühn, der Bauch wölbte sich über dem Gürtel. Der Kommissar wirkte professionell, sogar intelligent. Dennoch erzählte ich ihm nicht, was ich empfunden hatte, wenn die finnischen Skiläufer mich hinter meinem Rücken als Iwan bezeichneten oder meine Mannschaftskameradinnen Matuschkas nannten, wenn sie uns ihre halb leeren Wachsdosen schenkten, wie man Cousins auf dem Land mit abgetragenen Kleidern bedenkt. Ich sagte ihm nicht, was ich über die Bemerkung gedacht hatte, Skilanglauf sei eine feine Disziplin, denn auf der Loipe gäbe es wenigstens keine Neger. Ich hatte immer nur gelächelt und versucht, dazuzugehören, finnisch zu sein, ach so finnisch, obwohl auf meinem Rücken *CCCP* stand und in meinem Kopf eine kristallklare Erkenntnis aufflammte, die fast schmerzhaft war. Die Erkenntnis, dass hier irgendetwas falsch war.

All das erzählte ich nicht, doch ich vertraute mich Sahlgren in angemessenem Umfang an, senkte die Stimme und sah mich um, als hätte ich Angst, belauscht zu werden, obwohl mir natürlich klar war, dass die Vernehmung auf Band aufgenommen wurde. Ich sagte, dass man auch mir bestimmt Hormone gegeben hatte, unter die vielen Vitamintabletten gemischt. Ich erinnerte mich an ein Krafttrainingsintervall, bei dem mir die Gewichte Tag für Tag federleicht vorkamen, während an meinen Oberschenkeln Pickel blühten und der Anblick der matronenhaften Köchin des Trainingslagers mir eine harte Dauererektion bescherte.

»Und ich weiß, dass mein Exgeschäftspartner Ryschkow … ja, der verstorbene Ryschkow, also der hat mit Sicherheit Hormone an Fitnesscenter geliefert. Aber ich habe keine eingeschmuggelt, jedenfalls nicht wissentlich, weder für die Skiläufer noch für irgendwen sonst. Es hat mich auch nie jemand nach Hormonpräparaten gefragt oder auch nur gebeten, die entsprechenden Kontakte herzustellen.«

»Demnächst bestreiten Sie noch Ihre körpereigene Testosteronproduktion«, lächelte Sahlgren, doch dann wurde er ernst, nahm ein Blatt Papier vom Tisch und wedelte mir damit vor der Nase herum.

»Eine hübsche Geschichte, aber das hier haben Sie ausgelassen. Eine Art … pharmakologisches Programm.« Er warf einen Blick auf den Bogen. »Wenn ich auch nur ein Minimum davon verstehe, dann ist das hier eben gerade und haargenau eine Anleitung zur Verwendung von Wachstumshormonen. Das Blatt lag bei Ihren Unterlagen, adressiert an den Skiverband, mit russischen Stempeln und Nummern und Unterschriften und allem Drum und Dran.«

Ich schluckte trocken und verfluchte meine Sorgfalt: Warum, zum Teufel, musste ich immer alles aufheben?

Im Allgemeinen freute ich mich, wenn ich nach Hause kam. Ich konnte die Tür schließen, meine Rigonda-Bolschoi-Stereoanlage aufdrehen, bis die Röhren glühten und die Töne weich aus den Lautsprechern quollen, konnte die Atemzüge des alten Holzhauses in mich aufnehmen. Es machte mir nichts aus, dass es im Winter kalt war und ein ständiger Wind über den Fußboden zu wehen schien und dass, wenn man der Wasserwaage glauben wollte, der eine oder andere Türrahmen ein bisschen schief saß.

Lederjacke und Anorak fuhren mich nach der Vernehmung nach Hause. Ich saß still im Fond, bedankte mich am

Ziel für die Fahrt. Die Polizisten sahen stur geradeaus und brummten: »Man sieht sich.«

Mein Zuhause, na ja.

Bei dem Wort dachte ich natürlich zuerst an Sortavala, an das Haus dort, die Gardinen und die bunt gestreiften Teppiche und die Leinentischdecke und die Herdwärme. An Vaters Foto auf dem Tisch und an Mutter, die geschäftig herumwuselte. Das Bild stach mir fast schmerzhaft in die Augen, ich wagte kaum, es mir ins Gedächtnis zu rufen. Meine sonstigen Unterkünfte hatte ich nur als Wohnungen oder Buden bezeichnet. Jetzt begriff ich, dass seit Mutters Tod Sortavala auch in meiner Vorstellung hinter der Grenze lag und dass das Zuhause dort mein ehemaliges Zuhause war, das Haus, in dem ich aufgewachsen war. Ein Schild an der Wand: In diesem Haus wohnte Viktor Kärppä.

Ich setzte mich an den Computer, ging ins Internet und klickte meine Mailbox an. Keine neuen Nachrichten. Also las ich Marjas letzte Mail noch einmal und hielt mich an den guten Worten fest, die sie enthielt, obwohl ich wusste, dass es zu wenige waren.

from: »marja takala« <marja.takala@hotmail.com>
to: vkarppa@jippii.fi
subject: hier bin ich

Hallo, Haschen,

Tut mir leid, ich habe es nicht geschafft, Dir grundlich zu antworten. (Sorry, amerikanischer Computer ohne Umlaute). Ich hab an Deinen Mails gesehen, dass Du Dich schon gewundert hast, wo ich stecke.
Ich war vollauf damit beschaftigt, die praktischen Dinge

zu organisieren. Meine Bude ist ganz nett und sauber und die Studenten haben jede Menge Programm und Kulturaktivitaten usw. Mal sehen, wie das Studium sich anlasst. Ich habe Kurse uber soziologische Forschungsmethoden – trocken, aber nutzlich –, Ethnomusikologie, feministische Filmwissenschaft, Spanisch ... Na, warten wir es ab, wie viel ich in der Zeit hier tatsachlich schaffe. Ich will mir ja auch das Yankeeland ein bisschen ansehen. Am Wochenende machen wir mit dem Auto einen Ausflug in ein Navajo-Reservat. Das liegt in einer Wuste wie aus einem Western, Kakteen, Sand und Felsen. Und der Grand Canyon ist auch nur eine Tagesreise von hier entfernt, allerdings sagen alle, da musste man ubernachten und wandern und die Gegend grundlich kennenlernen.
Ich hab aus Deinen Mails herausgelesen, dass Du in ziemlich dusterer Stimmung bist. Aber wenn Du ein bisschen nachdenkst und selbst die Verantwortung fur Deine Gefuhle ubernimmst, wirst Du begreifen, dass ich mich von hier aus nicht darauf einlassen kann. Das Ganze ist in Deinem Kopf. Das musst Du einsehen, liebster Viktor.
Ich bin nicht hier, weil ich eine neue ›Beziehung‹ oder spannende Erlebnisse suche. Ich hab in meinem Leben uberhaupt keine geheimen Strategien oder Plane, ich nehme jeden Tag, wie er kommt, und freue mich, wenn er etwas Interessantes bringt. Das ist wohl weder bose noch falsch.
Ich vergesse Dich nicht. Das ist die Wahrheit. Aber Fakt ist auch, dass unsere Beziehung lebt und sich verandert, und das wurde sie auch tun, wenn ich in Helsinki ware.
Ich schreib Dir wieder, wenn ich Zeit hab.

Fur heute tschuss, Schatz,
herzlich, Marjuska

Verdammt, fluchte ich. *Tschuss* und *herzlich.* Verdammt, verdammt und noch mal verdammt.

Ich setzte mich in meinen Lieblingssessel und ließ den TV-Shop an mir vorbeiflimmern, in dem ein Wunderding angepriesen wurde, das die Muskeln zupfte. Ich überlegte, ob ich mich mit einer Wodkaflasche ins Moorauge der Melancholie stürzen oder meine Traurigkeit mit armenischem Brandy vertiefen sollte. Das Telefon riss mich aus dem Sumpf des Selbstmitleids.

Die vertrauten, in den Kosmos geschleuderten metallischen Echos, das Rauschen und Knistern verrieten mir, dass der Anruf aus Russland kam. Ich rief Hallo, abwechselnd mit finnischer und russischer Betonung. Plötzlich wurde die Verbindung besser.

»*Brat?* Brüderchen, Vitja, Vitjuscha«, hörte ich Aleksejs weiche Stimme. »Wie geht es dir? Vorhin hast du dich nicht gemeldet. Hast du geschlafen?«

Bevor ich antworten konnte, sprach er weiter, voller Ungeduld: »Ich komme nach Finnland, ich hab jetzt die Genehmigung bekommen. Bald habe ich auch alle Stempel und Papiere beisammen. Du weißt ja: *Ich bin ein Finne …*«, sang er.

»Wunderbar, wunderbar«, stammelte ich, dachte aber, das hat mir gerade noch gefehlt.

ZWEI

Das Haus in der Eerikinkatu wurde praktisch neu gebaut, von unten nach oben. Im Keller wurde eine Tiefgarage ausgeschachtet, auf dem Dachboden entstanden neue Wohnungen und in den Etagen dazwischen Ladenflächen und Büros. Die nahezu unversehrte Fassade war nur Kulisse. Von innen war das Gebäude leer bis auf die tragenden Wände, die Aluminiumgerüste und Leitern, ein Baustellenstromnetz trieb die Maschinen an, Schläuche lieferten Wasser und spien es zurück in die Kanalisation, direkt in die offenen Abzugsgruben. Anhand der Baustelle hätte man ein dreidimensionales Modell der Lebensfunktionen zeichnen können. Stromleitungen und Wasserschläuche und Druckluftrohre und Heizgebläse waren Venen und Arterien und Därme und innere Organe in der Anatomie des Hauses.

Ich entfernte die Schalung vom Beton. Mit dem Brecheisen rückte ich den knirschenden Brettern zu Leibe, schlug sie los, dass es dröhnte, warf das betonbespritzte Holz auf einen Haufen.

Wir waren etwa zehn. Fünf gehörten zu meinem Trupp. Der Este Sulev war eine Art Vorarbeiter, die anderen waren Rückwanderer, auf Arbeit erpichte Männer in mittleren Jahren. Ich hatte meinen Trupp als letztes Glied in der Subunternehmerkette vermittelt. Auf den Baustellentafeln war als Bauunternehmer die Firma ES-Meistersanierung angegeben, aber in der leeren Schale des Hauses werkelten Männer von sechs oder sieben Firmen und obendrein ein paar Ich-AGs.

Mein Entschalungspartner Antti Kiuru löste ein paar Bretter und jammerte. Er fluchte über die Kälte oder Hitze am Arbeitsplatz, maulte, eine solche Umgebung oder so ein Wetter würde er nicht mal seinem Hund zumuten, schimpfte über die angeblich unbrauchbaren Bretter und Sparren und Kanthölzer und Stemmeisen, verwünschte die festsitzenden Nägel. Zwischendurch äußerte er sich lobend über die guten Aufträge in Kerava und Nummela und Porvoo, überall, außer hier in Helsinki und für diese Firma.

Momentan kam Kiuru bei der Arbeit nicht ins Schwitzen, obwohl er einen gefütterten Lederhelm aus sowjetischer Zeit trug. Ich machte mir keine Sorgen um seine Arbeitsmoral – Entschalen war schlichtweg zu anspruchslos für ihn. Er verstand sich darauf, die schwierigsten Bauzeichnungen zu lesen, und beim Renovieren alter Häuser kannte er immer einen Trick oder ließ sich etwas einfallen, um die Eseleien des Architekten und die Fehlkalkulationen des Statikers zu umgehen oder zu korrigieren.

Deshalb lächelte ich nur über sein Gejammer. Wir hatten es nicht eilig, wir arbeiteten nach Stundenlohn.

Am Nachmittag erschien der Polizeibeamte Korhonen auf der Baustelle.

Er versuchte, mannhaft auszuschreiten, doch das Ergebnis war eher eine Art Getrippel: ein großer Mann, krampfhaft bemüht, seine glänzenden Schuhe und seinen eleganten Mantel vor Staub und Schmutz zu schützen.

»Ich würde gern ein bisschen mit dir plaudern«, sagte Korhonen und sah sich um, als wäre er im Restaurant und suchte nach einem gemütlichen Ecktisch, an dem er sich niederlassen konnte, die Zeitung auf dem Tisch, Schnitzel und Bratkartoffeln, ein großes Bier.

»Ich hab auch was zu bereden.« Meine Antwort überraschte ihn. »Gehen wir auf den Hof, in die Pausenbaracke.«

Ich befreite den Tisch von Krümeln, leeren Joghurtbechern und Papptassen und bot Korhonen Tee aus der Thermoskanne an. Er sagte, er habe dem Teetrinken und Knäckebrotessen Adieu gesagt, sobald er seinen Wehrdienst hinter sich hatte, und sei mit dieser Entscheidung glücklich.

»Im Zelt hab ich seitdem auch nicht mehr geschlafen«, brüstete er sich.

Ich schlürfte Tee. Wir warteten beide darauf, dass der andere zuerst mit der Sprache rausrückte.

»Bauarbeiten also«, begann Korhonen schließlich. Er sah mir fest in die Augen und fuhr fort: »Ich habe dich eine ganze Weile nicht mit meiner Anwesenheit beehrt, aber sei unbesorgt, ich habe deine Geschäfte beobachtet. Ich weiß haargenau, dass du immer noch deinem Jugendfreund Karpow in Sortavala hilfst. Schnaps und Zigaretten und Schlauchboote und Sonstiges, gestohlen oder gefälscht, auf Bestellung frei Haus geliefert.«

Beinahe hätte ich eingeworfen, dass die Schlauchboote sämtlicher Garnisonen diesseits des Urals längst ausverkauft waren. Ich hätte mich auch erkundigen können, ob die Nachtferngläser, die ich Korhonen günstig besorgt hatte, ordentlich funktionierten, doch mir schien, dass dies nicht der richtige Augenblick für nachträgliches Marketing war.

»Und über deine Steuererklärung und das Aktienregister bin ich auch exakt im Bilde. Dein Erfolg im Aktiengeschäft liegt weit über der Entwicklung des HEX-Index. Du bist ein ehrbarer Geschäftsmann geworden, wie?« Korhonen hatte sich in Fahrt geredet und schien von mir keinen Kommentar zu erwarten.

»Du hast dich verändert ... und bist umgezogen«, sagte Korhonen, plötzlich fast fauchend, und sah mich vorwurfsvoll an wie eine eifersüchtige Ehefrau, die mitten in einem alltäglichen Gespräch auf einmal fragt: Bist du mir untreu?

»Meine Vermieter haben die Wohnung in Hakaniemi verkauft. Ich habe jetzt eine alte Hütte in Tapanila«, erklärte ich. »Völlig wertlos, die Bude ... Ein Bauunternehmer, für den ich gearbeitet und dem ich Arbeiter vermittelt habe, hat das Grundstück gekauft. Irgendwann will er da ein Doppelhaus oder so was bauen. Aber vorläufig kann ich dort wohnen, ich bin da schon seit über einem Jahr.«

»Ich weiß«, nickte Korhonen und massierte sich die Finger. Sein Gesicht war gerötet, er sah müde aus – älter und verbrauchter als bei unserer letzten Begegnung. »Ich habe dich im Auge behalten, die ganze Zeit. Das ist mein Job. Aber ich hab dich in Ruhe gelassen, weil ich nichts zu fragen hatte.«

Er hob den Blick und sah mir in die Augen.

»Jetzt hab ich was. Du wirst für mich herausfinden, woher neuerdings dieses Superheroin kommt. Crocodile oder Weißer Chinese oder Dragon Lady, viele Namen, aber ein und derselbe Scheiß. Das Zeug tötet, und zwar vor allem eure Leute, Russenbengel. Und ich darf als Trauerbote rumrennen.«

Ich stammelte irgendetwas. Ich beteuerte, dass ich nach Ryschkows Tod Abstand von den schweren Gangstern gehalten hätte. Das sei schlicht und einfach eine Frage des Überlebens. Lieber lange Arbeitstage als ein kurzes Leben. Korhonen starrte mich die ganze Zeit mit verhangenen Augen an und ließ sich von meinen Worten nicht beeindrucken. Stattdessen erinnerte er mich daran, dass ich ihm zu allergrößtem Dank verpflichtet sei, sowohl dafür, dass ich überhaupt noch am Leben war, als auch dafür, dass ich meine Geschäfte weiterführen konnte.

»Ich wiederhole und erkläre«, fuhr er fort. »Wir hatten eine ganz erträgliche Situation. Wegen der Wirren in Afghanistan gab es Produktionsprobleme, deshalb ist auch nach Finnland weniger Heroin gekommen und es war weniger stark. Eine Zeit lang hat sich keiner zu Tode gespritzt. Jetzt kommt neue, harte Ware auf den Markt, synthetische Kacke, über eine neue Route, irgendwo sitzt ein neuer Produzent und Vermittler. Und deine hiesigen Stammesverwandten stecken mit drin. Jedenfalls gibt dauernd einer von ihnen den Löffel ab. Also mach dich schlau und finde was raus. Trimethylphentanyl, merk dir den Namen. Ich kann ihn dir auch aufschreiben.«

Korhonen schien sich in seinen Gedanken zu verlieren, seine Pupillen fixierten einen Punkt in der Unendlichkeit. Er sang etwas von einem Kind, das durch den Wald wandelt auf einem glitschigen Pfad.

»Und was wolltest du von mir?«, fragte er plötzlich.

Igor Belanow hätte fast der Schlag getroffen, als ich auf den Rastplatz an der Autobahn nach Porvoo einbog und ihm Korhonen als Polizisten vorstellte. Belanow erstarrte in misslungener Rekrutenhaltung. Meiner Vermutung nach überlegte er, wie schnell er es schaffen würde, in seinen Samara zu springen, den Motor anzulassen und in Richtung Osten davonzupreschen.

Ich beruhigte ihn, dieser Polizist sei beinahe auf unserer Seite, jedenfalls habe er kein Interesse daran, einen kleinen Schnaps- und Zigarettenverkäufer auffliegen zu lassen, immer vorausgesetzt, dass die Kunden nicht blind wurden und dass von den Marlboros blaugrauer Rauch aufstieg. Das Lächeln, das daraufhin auf dem Gesicht meines Kioskverkäufers erschien, beruhte allerdings auf einem Missverständnis, deshalb fügte ich hastig hinzu, dass er diesem Milizionär weder Wodka noch Zigaretten zu schenken brauchte.

Von der Ladefläche meines Kleintransporters holte ich Nachschub für den Kofferraum des Samara. Die Bierkisten schleppte Belanow sofort in ein Versteck im Wald. »Ins Kühllager«, lächelte er und ließ seinen goldenen Eckzahn funkeln. Wir zählten Euros und Rubel und Dollars und waren beide zufrieden. Belanow wollte am nächsten Tag für zwei Wochen nach Petrozawodsk fahren. Nach dem Rotationssystem, das wir vereinbart hatten, würde inzwischen sein Vetter seinen Platz einnehmen.

Wir mussten ein Stück in Richtung Porvoo weiterfahren, bevor wir an der nächsten Ausfahrt wenden konnten. Korhonen saß still auf dem Beifahrersitz, er schien halb zu schlafen. Ich schnupperte, ob er nach Schnaps roch. »Ach, was bin ich müde«, hatte er gesagt, nicht mit der entspannten Schlaffheit eines Mannes, der gleich nach Hause gehen wird, um sich auszuruhen, sondern irgendwie traurig, als rechne er mit fortgesetztem Schlafmangel.

Ich fuhr auf die Stadtautobahn und gleich wieder hinunter nach Vaarala, vorbei an der Meierei Valio und dem als Käse bemalten Wasserturm, durch den Keksgeruch, den die Fabrik Fazer verströmte, nach Jakomäki und dann weiter nach Tattarisuo.

Die Halle war ziemlich neu, mit Stahlplatten verkleidet und mit Aluminiumtoren, die groß genug waren, um Lkws durchzulassen. In Tattarisuo am Rand von Helsinki gab es Dutzende dieser Hallen und noch mehr alte Bogenhallen aus

Wellblech und offene Schrottlager, deren Büros in kleinen Holzhütten oder Baracken untergebracht waren. Hier wurden Abbruchmaterial und Schnittholz verkauft, Autos repariert, Leitern gebaut, Glas zugeschnitten, Stuhllehnen gezimmert, kurz und gut alle möglichen Arbeiten verrichtet, die für EDV-Assistenten zu schwierig waren.

Die Halle gehörte mir und Karpow, meinem Geschäftspartner und Skiläuferkollegen aus Sortavala. »Unter Glaubensbrüdern gibt es nur gemeinschaftlichen Besitz«, pflegte Karpow großzügig zu sagen; er inventarisierte sein Zwischenlager nicht per Computer. Sein Geschäftsprinzip lautete: Hauptsache, es ist genug vorrätig, und wenn der Vorrat zu Ende geht, besorgen wir Nachschub. Ich wusste, dass es keinen Zweck hatte, ihn die Artikel über das Just-in-time-Konzept im Handelsblatt lesen zu lassen.

In der Halle war im Moment reichlich Platz. Korhonen spazierte zwischen den Regalen herum und sah sich Karpows Handelsware an. Die beiden verschlossenen Container öffnete ich nicht, obwohl ich sah, dass er ihre soliden Schlösser genau inspizierte. In meinem Teil der Lagerhalle verwahrte ich hauptsächlich Baubedarf: Leca-Betonblöcke, Toiletten, Haustüren und Fenster, Parkettholz, diverse Beschläge und Werkzeug. Ich kaufte leicht beschädigte, nicht auftragsgemäße, falsch bemessene und übrig gebliebene Ware – und verkaufte sie wieder, wenn jemand Bedarf daran hatte. Viele kamen auch zuerst zu mir, sahen sich an, was billig zu haben war, und legten erst danach die Maße der Fensteröffnungen fest.

Unter einer Plane stand mein Nostalgie-Wolga, dessen Restaurierung bereits seit einem Jahr fast fertig war. Eigentlich fehlten nur noch die Deckenverkleidung und die Schaltplatte. Korhonen bückte sich und inspizierte auch den Wagen und ich zeigte ihm noch mein Lager mit Ersatzteilen für Ural- und Dnjepr-Motorräder, die ich über das Internet vertrieb. Korhonen sagte nichts, er sang wieder eins seiner schwermütigen Lieder, irgendetwas von einer festen Burg, die eine gute Wehr war oder so ähnlich.

»Na, kannst du mir jetzt sagen, was du … auf dem Herzen hast?«, fragte Korhonen und schien im selben Moment zu bereuen, dass er sich so mitfühlend gezeigt hatte.

Ich erzählte ihm von der Vernehmung bei der Zentralkripo, vom Dopingschlamassel, in dem der Skiverband steckte, und von dem Verdacht, ich hätte die Hormonpillen geliefert. Ich beteuerte meine Unwissenheit und brachte gleichzeitig meine Sorge zum Ausdruck, wie sich die Geschichte auf meine Geschäfte auswirken würde. Immerhin musste ich mir die Butter aufs Brot verdienen, mein Gott, und ich hatte mich doch so bemüht, legal zu arbeiten, ich hatte aus meinen Erfahrungen gelernt.

Korhonen nickte und schüttelte den Kopf, meinte aber, gegen die Ermittlungen der Zentralkripo könne er nichts tun. Ich flehte ihn an, mich wenigstens über den Stand der Ermittlungen auf dem Laufenden zu halten. So wie ich ihn über den russischen Drogenhandel, über Kuppelei und Schmuggler und Schwarzhandel informierte.

»Na gut«, gab er schließlich nach. »Ich werde die Sache im Auge behalten. Aber hier geht's nicht um einen harmlosen Verkaufsstand an der Autobahn. Wenn man dir nachweisen kann, dass du in diese Dopingsache verwickelt bist, dann verziehst du dich am besten als Skiwachsmeister zur Nationalmannschaft von Kasachstan.«

Korhonen ging und ich belud meinen Wagen mit deutschem Fußbodenlaminat, Ahornoptik, Verschleißfestigkeitsklasse

31, Objektbereich leichte Beanspruchung. Da kurvte ein großer, weißer Mercedes auf den Hof. Ein stilreiner Gangsterschlitten. Ich wollte mich schon in den Schutz der Halle zurückziehen, doch dann sah ich durch die getönte Windschutzscheibe den krausen Kopf des Autohändlers Ruuskanen.

»Ich hab ein Wägelchen für dich, Kärppä, und zwar nicht von Emmaljunga. Hundertfünfzigtausend Kilometer Garantie, gerade eingefahren. Vorbesitzer ist ein Rentner aus Fürttemperk, in Deutschland, weißt du«, begann Ruuskanen das Verkaufsgespräch, noch bevor er sich aus dem Wagen hievte. Ich hatte vor Zeiten bei Ruuskanen einen alten Volvo gekauft und war zufrieden gewesen. Inzwischen qualmte die Karre wie ein Dampfschiff, schluckte literweise Öl, und Ruuskanen hatte versprochen, sich nach Ersatz umzusehen.

»Nee, verdammt, mit dem Ding kann ich mich doch nirgends blicken lassen«, wehrte ich ab und führte aus, so einen Wagen führen nur Minister, russische Drogengangster und in amerikanischen Filmen außerdem noch arabische Terroristen. Ruuskanen, ein kugelbäuchiger, etwa fünfzigjähriger Mann, dessen rundes Gesicht auffallend weibliche Lippen zierten, gab zurück, vom weltpolitischen Alltag wisse er nichts und der Dealerverdacht sei naheliegend. Aber für gute Autos habe er einen Blick, und das hier sei eins.

Dann berichtete er, er habe den Wagen persönlich in Deutschland abgeholt, direkt aus der Garage eines alten Mannes. Das Auto sei regelmäßig gewartet worden, zwar gut zehn Jahre alt, aber dieses Modell sei einfach zeitlos, eben Sonderklasse. Vom Mercedes S kam nicht jedes Jahr eine neue Version auf den Markt. Er habe genug Abnehmer für den Wagen, aber da ich beinahe sein Geschäftspartner sei, hätte ich Vorkaufsrecht, und zwar zu einem Preis, zu dem ich anderswo nicht mal eine vollgekotzte, rostige Nuckelpinne mit einer halben Million Kilometer auf dem Tacho bekäme. Natürlich nur, wenn ich den Mercedes wollte, aber warum sollte ich ihn nicht wollen?

Ruuskanen war vor Begeisterung außer Atem. »Alle Extras«, schnaufte er noch. »Und der Einspruch gegen die Einfuhrsteuer ist auch schon fertig ausgefüllt.«

Ich forderte ihn auf, ein paar Minuten den Mund zu halten, damit ich den Wagen in Ruhe prüfen konnte. Ich trat gegen die Reifen, klopfte die Kapseln ab, suchte nach Spiel im Führungsgelenk, hörte mir den Sechszylinder an und prüfte das Öl zwischen den Fingern. Dann setzte ich mich hinter das große Lenkrad wie ein Schiffskapitän ans Steuerruder, drehte eine Runde und bewunderte die geräuschlose Fahrt und das Holz am Armaturenbrett. Zwischendurch bedachte ich Ruuskanen, der mit dem Reflex des Händlers eine neue Lobrede vom Stapel lassen wollte, mit einem warnenden Blick.

Das Auto hatte seinen ureigenen Geruch nach Stoff, Plastik und Metall. Meine Erinnerungen gingen ihre eigenen Wege. Als ganz kleiner Junge hatte ich im Lada eines Verwandten gesessen, der uns besucht hatte. Nein, nicht im Lada, bei uns hieß er Zhiguli. Das Auto war neu, auf den Sitzen lagen Plastikschoner, der Lack glänzte rotbraun, die Scheibenwischer hatten keine Blätter, weil die ohnehin geklaut worden wären. Ich erinnerte mich an die respektvollen Kommentare der Männer: Sicher, beim Elite gäbe es mehr Bodenfreiheit und der Motor sei stärker, aber das hier sei doch ein richtiges Auto. Die Männer hatten eine seltsame Flasche im Schuppen und erklärten mir, das sei Reservebenzin.

Ich kaufte den Mercedes.

DREI

Mir war nicht bekannt, dass die Stadt Helsinki oder die Nachbarstadt Vantaa einen Rückwanderer oder überhaupt jemanden mit russischer Herkunft als Architekten beschäftigte. Trotzdem wirkte der Vorort Länsimäki an der Grenze zwischen den beiden Städten wie ein sowjetisches Pappmodell von der Wohnsiedlung eines Kombinats der Zukunft. Die Hochhäuser ragten aus dem Nichts auf wie gigantische Pilze, die fundamentale Trostlosigkeit der Gebäude war mit seltsamen Farben kaschiert, mit Balkons, Erkern und Hofkonstruktionen, denen man ansah, dass sie nach wenigen Jahren verwahrlost und verfallen sein würden; außerdem würden die Bewohner schon bald mit ihren Lichterketten, Sonnenschirmen und Schüsselantennen die klaren Visionen des Architekten zunichte machen.

Antti Kiurus Familie wohnte vollauf zufrieden in Länsimäki, gerade noch auf der Helsinkier Seite. Antti saß am Tisch, lächelte und war zu allen freundlich. Die Flüche und Klagen hatte er am Arbeitsplatz zurückgelassen. Seine Frau Olga trug geschäftig Leckerbissen auf, gab stolz einige Sätze in steifem Finnisch zum Besten und klagte auf Russisch wortreich darüber, dass von der Ernte des vorigen Sommers erst so wenig verzehrt war. Ihr Mann und ihre Söhne seien schlechte Esser und würden sich allenfalls den Hosenboden abwetzen, wenn sie am Esstisch saßen, ansonsten aber nichts verzehren. Mir, dem Junggesellen, drängte sie Salzgurken und eingelegte Tomaten und Rote Bete auf.

Die Wohnung gehörte der Stadt. Ich hatte den Kiurus bei der Übersiedlung nach Finnland geholfen und Antti arbeitete seit Langem für mich, er war zuverlässig. Jetzt hatte ich beim Wohnungsamt Schlange gestanden, hatte die Damen dort beschwatzt und für Aleksej eine Wohnung im selben Haus organisiert, eine Etage unter den Kiurus.

»Dein Bruder findet bestimmt Arbeit, er ist doch Ingenieur und spricht gut Finnisch«, meinte Antti, als wir Möbel in die Wohnung meines Bruders trugen. Ich brummte zustimmend, obwohl ich wusste, dass es nicht einfach sein würde. Dass Aljoscha im Baugewerbe zurechtkam, konnte ich mir nicht vorstellen.

»Unser Eino hat sein erstes Jahr an der Uni ganz gut hinter sich gebracht, alle Prüfungen bestanden, und für den Sommer hat er schon einen Praktikumsplatz in Aussicht«, berichtete Antti, obwohl ich dieselbe Geschichte am Teetisch bereits von Olga gehört und das Abiturfoto gesehen hatte, auf dem ein blonder junger Mann ernst in die Kamera blickte.

»Wenn nur Matti auch Arbeit fände«, seufzte Antti.

Dazu äußerte ich mich lieber nicht. Ich konnte Antti nicht sagen, dass ich seinen Sohn bedenklich oft und immer am falschen Ort gesehen hatte. Ich mochte ihn auch nicht fragen, woher Matti wohl das Geld für die teuren weißen Skateschuhe, das allerneueste Handymodell und den MP3-Player hatte.

Ich hatte Matti Kiuru schon gekannt, als er noch ein pickliger Junge war und das Fußballspielen an den Nagel hängte, so sehr sein Vater und seine Trainer ihn auch beschworen weiterzumachen. Neuerdings sah ich ihn in der Stadt, am

Bahnhof, in Bars und Einkaufszentren herumhängen. Es war mir nicht entgangen, dass er sich abwandte, wenn er mich bemerkte. Ich wusste auch, dass Olga und Antti sich Sorgen um ihren Sohn machten, der seinen Platz im finnischen Leben nicht gefunden hatte, obwohl er hier aufgewachsen war. Oder der zwar einen Platz gefunden hatte, aber einen schlechten.

Ich konnte dem Vater nicht sagen, dass ich eigentlich gehofft hatte, seinen Sohn zu Hause anzutreffen. Oh, nichts Dringendes, die Sache hat Zeit, ich wollte ihn nur nach der Drogenszene fragen.

»Karpow«, meldete sich Karpow.

»Ach, der Herr Direktor persönlich. Hast du keine Sekretärinnen, die für dich ans Telefon gehen?«, zog ich meinen Geschäftspartner auf. »Vitjuscha hier, wie geht's, bist du in Sortavala oder wo?«

»Hier bin ich, zu Hause. Und ich habe eine Freisprechanlage, ich spiel gleichzeitig am Computer ..., okay, jetzt habe ich das Spiel gespeichert, wir können reden. Hör mal, kennst du den schon? Ein Mädchen sitzt am Ladogasee auf einem Bootssteg, die Füße im Wasser. Ein Tourist versucht, freundlich zu sein, und fragt, ob das Wasser warm ist. Das Mädchen guckt ihn böse an und sagt: Ey, Alter, ich bin 'ne Hure aus Käkisalmi und kein Thermometer.«

Ich sagte, der Witz sei schon damals gut gewesen, als ich ihn 1976 im Theaterlager der Pioniere in Suistamo zum ersten Mal gehört hatte. Karpow lachte dröhnend, wurde dann aber unvermittelt ernst: »Hier hört man schlimme Geschichten. Es heißt, eure Polizei würde neuerdings strikter gegen so kleine Geschäfte vorgehen, wie ich sie in Finnland habe. Und hier ist es auch nicht leicht ...«

Ich erzählte ihm, dass ich erst kürzlich mit Korhonen gesprochen, aber keinerlei Warnung bekommen hatte. »Aber hier bringt irgendein neuer Großhändler schlechten Stoff auf den Markt. Und darüber wollen sie was erfahren«, erklärte ich.

Karpow schwieg. Ich wusste, dass er überlegte, was er am Telefon zu sagen wagte.

»Ich bin in einer schwierigen Lage. Ich will an der Straße nach Petrozawodsk neue Ferienhäuser bauen, in Kirjavanlahti und Pötsönvaara. Fürs Marketing will ich dem Gebiet allerdings einen attraktiveren Namen verpassen. Was hältst du von Felsberg? Oder Adlerberg? Jedenfalls will ich ein bisschen expandieren. Aber jetzt verlangt die Petersburger Kasse einen Anteil. An meinem Business!« Nun schrie er beinahe. »Neugier kann ich mir im Moment nicht leisten, Viktor. Hallo, Leute, ich bin nur ein kleiner Fisch, aber sagt mir doch mal, wer von euch Stoff nach Finnland liefert ... Nein, nein, ich muss den Mund halten.«

»Aha, verstehe«, sagte ich und versuchte den Eindruck zu erwecken, dass ich nichts verstand oder die Erklärung jedenfalls nicht akzeptierte. Eine Weile war es still in der Leitung.

»Na okay, ich versuche, hintenrum was zu erfahren. Schick mir per E-Mail genauere Informationen. Und versuch doch bitte mal, rauszufinden, was die finnische Polizei da treibt.« Damit legte Karpow auf.

VIER

Marja hatte mir gemailt.

Viktorlein, Schwammchen mein,

Du sollst wissen, dass auch ich an Dich gedacht habe. Und dass ich Dich vermisse. Mir blutet das Herz, wenn ich Deine Mails lese. Denk nicht, dass ich mir nichts aus Dir mache.
Ich gehe fleissig zu den Vorlesungen. Die Studenten sind hier irgendwie kindischer als in Finnland. Es kommt mir eher vor, als ware ich mit den Profs auf einer Ebene. Die Wohnung ist ganz okay und die Freizeit auch. Das Geld rinnt mir durch die Finger.
Du schlafst jetzt gerade, meine Gedanken fliegen zu Dir, in Deine Traume.

Deine M

Ich wachte ohne Wecker um halb acht auf. Ich kochte Tee, aß Brot und Joghurt und einen Apfel. Für heute hatte ich einen Fitnesstag eingeplant – genau genommen brauchte ich Zeit zum Nachdenken. Meine Mannschaft in der Eerikinkatu hatte klare Anweisungen und auch sonst lag nichts Dringendes an.

Die Bautätigkeit lief reibungslos und sicher. Ich durfte zufrieden sein, sagte ich mir. Ich hatte gute Männer in meinem Team und vertrauensvolle Beziehungen zu einigen großen Bauunternehmen.

Es war nicht immer so gewesen. Ich hatte als Zeitarbeiter für alle möglichen Baulöwen und Sanierungsfritzen gejobbt, anfangs zum Hilfsarbeiterlohn, obwohl mein Boss mich als ausgebildeten Zimmermann verkauft hatte. Ich hatte in schwindelnder Höhe auf klapprigen Aluminiumgerüsten gestanden, auf Dachböden den Geruch von altem Sägemehl und Mäusekot eingeatmet und in ungelüfteten Räumen Fußböden lackiert, mit Zweikomponentenlack aus Eimern, auf denen Totenschädel vor Lösungsmitteln und diversen anderen Dünsten warnten, die das Zentralnervensystem schädigten, und natürlich hatte man mir keine Atemschutzmaske gegeben.

Ich erinnerte mich an eine Bruchbude in Vantaa, zu der uns der Boss eines Abends brachte, für Überstunden, er kutschierte seine vier Russen im Laderaum seines Kleintransporters, versprach uns hundert Finnmark pro Stunde, schwarz. Unser Job bestand darin, die Erde unter dem Haus abzutragen: Wir mussten kriechen und schaufeln und den lehmigen Löß eimerweise wegtragen, damit man Pfähle gießen, das schiefe Haus begradigen, eine Kiesschicht unterlegen und einen Entwässerungsgraben ziehen konnte. Mit einer Maschine war das nicht zu machen, also mussten wir buddeln.

Vier oder fünf Abende und das ganze Wochenende hatten wir geschippt, nass und demütig, dankbar für den Saft, den die Frau uns brachte, während ihr Mann sich darauf konzentrierte, unsere Arbeit mit kritischer Miene zu beobachten.

Ich ging joggen. Der Nachbar, der gerade einen Anhänger an seiner Ente befestigte, nickte mir grüßend zu, sodass sein grauer Pferdeschwanz ins Schaukeln geriet. Mit den Bewohnern der Nachbarhäuser stand ich mich weder gut noch schlecht, aber ich war zufällig vorbeigekommen, als dieser spezielle Nachbar bei der Dauerrenovierung seines Hauses Hilfe und solideres Werkzeug brauchte. Ich hatte ohne große Worte geholfen und darauf geachtet, ihn nicht durch Ratschläge zu demütigen, obwohl ich sah, dass er unerhört wenig von der praktischen Bauarbeit verstand. Meine Bereitschaft, mich in sein Bauprojekt einzumischen, war noch geringer geworden, als seine Frau, in erdnahe Farben gekleidet, sich angewöhnte, mir bei der Arbeit zuzuschauen, und ihr Blick sich zu lange in meine Augen verirrte.

Ich lief durch das Labyrinth der kleinen Straßen und über die Bahnbrücke zu dem Wanderweg, der rund um den Flugplatz Malmi führt. Dort fand ich zu einem gleichmäßigen Rhythmus, zwang mich, das Tempo niedrig zu halten, und versuchte, den Puls auf die richtige Höhe zu bringen. Nachdem ich eine Runde gedreht hatte, sprintete ich nach Hause, packte Schwimmzeug und saubere Unterwäsche in den Rucksack und zog einen trockenen Trainingsanzug an. Dann spazierte ich zum Haus des Sportclubs in Tapanila und ging zum Turnen barfuß auf die leere Tatami.

Ich machte Bodenübungen und einfache akrobatische Übungen, die ich an der Sporthochschule gelernt hatte und die bestens geeignet waren, Kraft und Koordinationsvermögen aufrechtzuerhalten. Anschließend widmete ich mich gewissenhaft meinen Dehnungsübungen, verzog mich aber, als die Judokas zum Training kamen. Einigen Bekannten unter ihnen nickte ich zu; ich hatte im Auftrag des Vereins einige Trainingsstunden in Judo, Karate und Krav Maga gegeben, obwohl meine Kenntnisse in diesen Sportarten sich im Wesentlichen auf das beschränkten, was ich im Nahkampfunterricht der Roten Armee gelernt hatte. Aber dank meines Einsatzes konnte ich mit gutem Gewissen die alte Turnhalle benutzen und gelegentlich als Sparringspartner für große, junge Burschen einspringen.

Zu Wettkämpfen wollte ich nicht mehr antreten, für keinen Verein und unter keiner Flagge, obwohl ich häufig darum gebeten wurde. Das passierte mir auch, wenn ich zum Skilaufen ging. Spätestens auf dem Parkplatz tauchte irgendein hagerer Skienthusiast von einem der örtlichen Vereine auf, Pakilan Visa, Hakunilan Kisa, Keimolan Kaiku und wie sie alle hießen, lobte mein Tempo und meinen Stil, erkundigte sich, woher ich kam, und bot mir schon bald einen Platz in der Staffel an. Die Ausrüstung würde man mir stellen, ich sei doch sicher interessiert? Dann klopfte ich ruhig den Schnee von den Bindungen meiner alten Atomics ab und sagte Nein.

Auf dem Weg zur Schwimmhalle in Malmi wunderte ich mich, wieso sich meine Stimmung nicht aufhellte, obwohl doch die Sonne schien und mein Körper den Rausch genoss, den ihm der Sport beschert hatte.

Ich saß lange in der Sauna. Nach einer Weile kamen zwei junge Männer herein. Ich hörte, dass sie Russisch sprachen, konnte ihrem Gespräch aber nicht recht folgen. Es kamen zu viele Personen darin vor, und jede hatte mehrere Spitznamen, die die Jungen kannten, ich aber nicht.

Ich betrachtete die beiden, ihre raspelkurz geschnittenen Haare, die glatte Haut, die langen Beine, die deutlich ausgeprägten Bauchmuskeln, und war plötzlich in der Sporthochschule, sah die weiß gekachelten Duschräume vor mir, die jungen, kraftvollen Körper im Dampf. Und ich erinnerte mich an die Saunaabende bei der Armee, wenn die blutjungen Rekruten für kurze Zeit den Demütigungen und Schikanen entkamen, ihre unschuldige Haut noch sauberer schrubbten und auf den Zementstufen der Hundertmannsauna schwitzten, wo man sich garantiert einen Fußpilz holte.

Die Jungen verstummten plötzlich und warfen mir einen misstrauischen Blick zu. Ich stand von der Pritsche auf und sagte freundlich auf Russisch, ich hätte nicht die Absicht gehabt, sie zu belauschen, aber da sie meine Sprache sprächen, sei ich natürlich aufmerksam geworden. Die beiden brummten zustimmend und setzten ihr Gespräch fort. Als ich an ihnen vorbei zur Tür ging, sah ich, dass die Schulter des einen von einer Tätowierung verunziert wurde, einem unscharf gezeichneten Raubvogel mit gespreizten Klauen, umgeben von flammenartigen Ornamenten, darunter ein Text und eine Jahreszahl.

Auf dem Weg zum Becken betrachtete ich mich im Spiegel. Ich wusste, dass ich nicht mehr ganz jung war. Der Verfall meines Körpers hatte bereits eingesetzt, daran änderte auch meine gute Kondition nichts.

Beim Schwimmen dachte ich an Marja und an meine Sehnsucht, an die Einsamkeit und an Mutters Tod und an die Stille in dem Haus in Sortavala, die nicht einmal mehr durch das Ticken der Uhr unterbrochen wurde. Ich überlegte mir, dass Aleksejs Übersiedlung nach Finnland vielleicht doch eine gute Sache war, *otschen haraschо*, sehr gut. Schließlich kletterte ich aus dem Becken und mit dem Frösteln kam die Erkenntnis, dass ich den Superheroinfall, auf den ich mich eigentlich konzentrieren wollte, völlig vergessen hatte. Viktor, ruf dein Unterbewusstsein zur Ordnung, befahl ich mir. Konzentriere deine Energie auf die Dinge, die du beeinflussen kannst, und vergeude sie nicht auf den Rest.

FÜNF

»Was zum Teufel ist denn das?«, brüllte ich Aleksej an, der sich hinter das Auto verdrückte. Sein triumphierender Stolz sackte in sich zusammen, blies sich aber gleich wieder auf, schnellte hoch wie eine sich automatisch füllende Rettungsweste.

»Ein Nissan Cherry ist das. Den hab ich billig gekriegt, von einem Kollegen.«

»Bei dir piept's wohl! Gekauft hast du das Ding, richtig Geld dafür bezahlt?«, schimpfte ich weiter. »Als Erstes musst du natürlich sofort ein Auto haben, klar doch, du kleines Arschloch. Wenn du was Positives hören willst, bitte: Schön, dass du kein Boot gekauft hast, solange noch alles zugefroren ist.«

Ich drehte eine Runde um den bunt geflickten Autokadaver, öffnete die Tür, als wäre sie ein Sargdeckel, und machte mich auf dumpfen Mief gefasst. An den Heizungsknöpfen hing ein ganzes Bündel von Wunderbäumen, an die zwanzig Stück. Sie erfrischten meine Nase mit der Effizienz eines Kloputzmittels.

»Na also, erfrischender Menthol- und Eukalyptusduft für Ihr Wohlbefinden«, äffte ich einen Werbespruch nach, den Aleksej nicht kannte.

»Aljoscha, mein Lieber, ich habe dir eine Wohnung besorgt und einen Job und alles. Du hättest ein bisschen Geduld haben sollen, dann hätten wir dir einen sauberen Samara oder so was gesucht.« Ich versuchte, fürsorglich zu sein und mein Temperament zu zügeln, und fragte auch nicht nach Inspektionen, Versicherung und Kaufvertrag.

»Vitjuscha, mein Lieber, du bist mein kleiner Bruder, vergiss das nicht«, ahmte Aleksej mich nach und schlug die Tür zu. »Der Motor ist ganz in Ordnung. Und die Sommerreifen sind echte Misselins und fast nagelneu«, erklärte er und öffnete den Kofferraum.

Ich warf einen Blick hinein und sah intakte Sommerreifen. Ich versuchte, freundlich zu lächeln, und verkniff mir die Bemerkung, dass diese Reifen nie mit Michelin in Berührung gekommen waren, allerhöchstens hatten sie den Pin-up-Kalender des Reifenherstellers gesehen, als sie in der Werkstatt neu beschichtet worden waren.

Eigentlich hatte ich Aleksej von der Arbeit abholen wollen, wir könnten bei mir essen, hatte ich gedacht, und danach würde ich Aleksej zu seiner Wohnung fahren. Jetzt brauchte er keinen Chauffeur mehr.

»Na, wie läuft's bei der Arbeit?«, versuchte ich, zum Alltag zurückzukehren.

»Na ja, könnte beschissener sein«, gab er zurück und zeigte, dass er immer noch beleidigt war.

Ich hatte ihm einen Job in einem Laden für Autozubehör verschafft. Aleksej hatte anfangs natürlich gemosert und gesagt, na schön, aber nur vorübergehend, ein Ingenieur mit seiner Erfahrung würde schon etwas Besseres finden.

Aber vielleicht hatte das Einstellungsgespräch bei Auto-Motor-Part ihm die Augen geöffnet. Der Geschäftsführer unterhielt sich genau sieben Minuten mit ihm, sah ihn an, wie man einen Stellenbewerber über vierzig ansieht, blätterte in den Zeugnissen, die ich ins Finnische übersetzt hatte. Er fragte, was denn das Fachgebiet des Herrn Ingenieurs sei, und als Aleksej die Eigenschaften verschiedener Kohlenwasserstoffe schilderte und seine Untersuchung über Tripologie hervorhob, schnitt ihm der Geschäftsführer das Wort ab und fragte, was zum Teufel Tripologie sei.

»Reibungslehre«, antwortete Aleksej und wollte weiterreden, doch der Ersatzteilchef hatte seine Entscheidung bereits getroffen.

»Na, das trifft sich ja gut. Dann kannst du bei uns Schmieröl verkaufen«, sagte er. Damit war die Sache besiegelt.

Und Aleksej machte sich nicht schlecht als Ölverkäufer. Wenn ein Kunde den billigsten Kanister aus dem Regal nahm, fragte Aleksej leichthin, für welche Art von Maschine der Schmierstoff vorgesehen war. Dann redete er über Ventile und Verrußung, schilderte in allen Einzelheiten, wie die Lager quietschten und die Kolbenringe am Zylinder schabten, wenn das Öl nicht sofort nach dem Start schmierte. Er holte aus einem der hinteren Regale ein Öl, das um ein Viertel teurer war, nicht besser und nicht schlechter als das Billigprodukt, das der Kunde ursprünglich gewählt hatte, aber eben teurer und deshalb zum Mauerblümchendasein im Regal verdammt. Dieses Öl empfahl Aleksej und die Kunden kauften es ausnahmslos und waren obendrein zufrieden, dass man ihnen nicht das billigere, untaugliche Produkt aufgeschwatzt hatte.

Aleksejs Spezialkenntnisse waren gefragt. Vor dem Ersatzteilladen standen immer Wagen mit RUS-Schildern, deren Insassen lange Einkaufslisten bei sich hatten: Ersatzteile für große japanische Geländewagen, für Audi, Mercedes und BMW. Reifen, Skiboxen, Akkus, Stoßdämpfer und wer weiß, was noch. Aleksej bediente die Kunden in ihrer

Muttersprache, half beim Ausfüllen der Tax-free-Formulare und erklärte den Weg zum Ersatzteilsupermarkt Biltema.

»Das Meiste finden Sie allerdings auch hier bei uns«, fügte er stets hinzu.

Aleksej und ich fuhren mit zwei Wagen. Ich folgte ihm in meinem Mercedes und sah jedes Mal, wenn er schaltete, ein blaues Rauchwölkchen aus dem Auspuff quellen. Hinter Malmi betätigte ich die Lichthupe und bog bei Fallkulla in Richtung Tapanila ab, während Aleksej weiter am Flugplatz entlangfuhr und zum Abschied winkte. Mein Handy vibrierte in der Brusttasche. Ich meldete mich. Der Anruf kam von Karpow.

»Hast du was erfahren?«, fragte er ohne Umschweife.

»So gut wie nichts. Ruhig und friedlich.«

Ich horchte. Karpow schien zu seufzen und auf den Lippen zu kauen. »Hier ist es ziemlich wüst. Ich hab mich nicht getraut, allzu viele Fragen zu stellen. Aber wenn ich recht verstehe, sind die Petersburger Kassen ziemlich wütend. Irgendwer schnappt ihnen die Käufer weg. Und ich hab gehört, dass die Akteure Finnen sein sollen. *Finkat,* kapierst du? Noch ein Grund für mich, das Maul zu halten, sogar gepfiffen hab ich nur auf Russisch.«

Ich überlegte und ließ Karpow ebenfalls ein paar Seufzer hören.

»Mist, verdammter. Korhonen sitzt mir im Nacken. Der glaubt mir nie, dass da einheimische Kräfte am Werk sind. Und wie soll ich über die etwas herausfinden?«, überlegte ich laut.

»Tja«, antwortete Karpow erschöpfend. »Aber versuch du jetzt auch, mir zu helfen und dich wegen meiner Sache umzuhören. Gerade hat die Polizei zwei CD-Lieferungen abgefangen, in Kitee und in Joutseno, beide Male auf die gleiche Weise. Die Fahrer haben sie zurückgeschickt. Jetzt sind sie also auch schon hinter Raubkopien her.«

»Es war hoffentlich nur Musik ...«, sagte ich zögernd, denn Karpows Bericht ließ mich Böses ahnen.

»Na ja, es waren auch einige CAD-Programme dabei, ein paar Ingenieurbüros hatten welche bestellt«, gab mein Partner zu.

»Himmel, Arsch und Wolkenbruch! Hast du eine neue Firma gegründet? Datenservice Sortavala, Olonetzische EDV-Zentrale oder was?«, stichelte ich. »Wie schön! Bill Gates zu unseren Gegnern zählen zu dürfen, hat uns gerade noch gefehlt. Nicht dass ich deswegen fürchterliche Gewissensbisse hätte, aber ein paar Piraten-CDs mit Schlagermusik sind ganz was anderes als Software für Architekten. Kein Wunder, dass die Polizei aktiv wird.«

»Endlich wieder im Büro«, sagte Korhonen gleich an der Tür, fragend und spöttisch zugleich. Er setzte sich auf den Besucherstuhl meines Büros in Hakaniemi und sackte schlaff nach hinten. »Auf der Baustelle hast du dich allerdings auch nicht blicken lassen.«

»Guten Tag auch meinerseits«, sagte ich betont höflich. »Ich bereite alles für die Urlaubszeit vor. Damit die Rechnungen pünktlich rausgehen, die Löhne bezahlt werden und so weiter.«

»Gutgutgut.« Korhonen klopfte sich mit den Fingern auf die Lippen. »Aber schlechtschlechtschlecht, dass du mir nicht erzählt hast, dass dein Bruder nach Finnland gekommen ist. Bald haben wir hier eine ganze Herde von euch Wieseln. Oder sind Wiesel keine Herdentiere? Nein, sind sie nicht«, spöttelte er und legte den Kopf schief.

Da ich nicht antwortete, fuhr er fort: »Ich bin ein logisch denkender Mensch und berechne Wahrscheinlichkeiten. Und die Korrelate sind ziemlich hoch: Neue Drogen auf dem Markt, die Petersburger Mafia leidet unter Arschlähmung, und es geht das Gerücht, Handel und Verdauung würden von einem neuen finnischen Großhändler gestört. Und zur selben Zeit kommt der Bruder eines dubiosen Geschäftsmannes in die Stadt. Für einen Mathematiker sind das nette kleine Binome und Trinome.«

»Aleksej hat nichts mit Drogen zu tun«, sagte ich fest, sprach aber nur noch mit Korhonens Rücken.

»Vielleicht hat er, vielleicht auch nicht. So viel zu deiner Information, für heute«, sagte er, schon halb draußen. Die Feder zog die Tür ins Schloss.

Eine Rolltreppe brachte mich in die erste Etage des Einkaufszentrums von Unter-Malmi. Dort betrat ich das schräge Laufband, das über die Gleise und Bahnsteige nach Ober-Malmi führte, in eine zweite Einkaufshölle. Ich entdeckte Andrej Ronkonen, der an der Geländerstange vor der Kachelwand lehnte, umgeben von einem halben Dutzend junger Burschen. Zwei somalische Jungen tanzten mitten auf dem Gang. Ihre Körper wirkten unglaublich mager, in ihren riesigen Hosen erschienen sie untergewichtig wie ein Straußenei. Noch größere Jeans gab es vermutlich nur in der Campingabteilung, bei den Zelten. Ich marschierte zwischen die Künstler und ihr Publikum und packte Andrej bei der Schulter. Seine Kapuzenjacke dehnte sich.

»Komm, wir haben was zu bereden«, sagte ich.

Die ganze Bande starrte mich an. Ein hübscher kleiner Junge mit Latinogesicht baute sich vor mir auf und begann überraschend pubertär zu krächzen: »Ey, was soll der

Scheiß, Alter? Was hast du hier zu suchen? Sollen wir dich fertigmachen?« Der Junge versuchte, seine nicht-ganz-so-glaubhafte Stimme zu kompensieren, indem er mit den Händen eine schwungvolle Choreografie vollzog und mit gespreizten Fingern in die Luft stach.

»Ach du liebes bisschen, Hip und Hop und Rap, tippe-tippe-tipp-tapp und Rintintin«, quittierte ich die Verbannung in die Onkelriege. »Sind wir hier in Harlem? Ich red nur kurz mit Andrej«, fügte ich hinzu und bemühte mich, sachlich zu bleiben. Ich hielt Andrej an der Schulter fest und bugsierte ihn zur Seite.

»Andi, ruf beim Krisentelefon an, wenn der Kerl ein Schwuler ist oder ein Pädoperversling. Der will dir bestimmt weismachen, er wäre irgendein Scheißkurator vom Verein ›Rettet die Kinder vom Bahnhof Malmi‹«, riefen die Burschen uns nach, lachten meckernd und spuckten auf den Boden.

Ich ging mit Andrej zu einer Kaffeebude, drückte ihn auf einen Stuhl und holte Saft für uns beide. »Ich hab bei deinen Eltern nach dir gefragt, aber die konnten mir nur sagen, dass du in Malmi abhängst.«

Andrej kniff die Augen zusammen. Er hatte von seiner georgischen Mutter die gelbbraune Hautfarbe und die schwarzen Augen geerbt. Seinem Vater verdankte er den Familiennamen Ronkonen und die neue Heimat in Finnland.

»Ja, ööh, stimmt schon«, vertraute er mir an.

»Okay, geht mich ja an sich nichts an«, nickte ich. »Aber sag mir mal, was du über deinen Vetter Jewgenij Maksimainen weißt. Oder besser gesagt, über deinen toten Vetter.«

Andrej betrachtete die Leute auf der Rolltreppe und tat, als hätte er nichts gehört.

»Andrej, hör mir zu. Jewgenij ist tot, weil irgendwer ihm schlechten Stoff verkauft hat. Ich will dir keine Predigt über

Drogen halten. Aber Heroin ist Scheiße und dieser Stoff ist tausendfache Scheiße. Und Jewgenij war dein Vetter. Verdammt noch mal, ihr habt nebeneinander auf dem Töpfchen gesessen.«

»Quatsch«, schnaubte Andrej. »Jewgenij war drei Jahre älter als ich.«

»Na schön. Das ist natürlich ein wichtiger Punkt. Jewgenij war also schon sauber, als du noch in die Windeln gemacht hast. Ich will doch bloß rauskriegen, wo der Stoff herkommt, damit nicht noch mehr von deinen Kumpels abkratzen.«

»Jewgenij war in einer ganz anderen Szene als ich. Ich hab ihn nicht oft gesehen. Und seine Kumpels kenn ich nicht«, erklärte Andrej und brachte es fertig, pikiert auszusehen. »Wieso glaubst du überhaupt, einer von unseren Leuten hätte den Stoff geliefert?«

»Ich weiß es. Und du weißt es auch«, schwindelte und riet ich. Andrej saß mit ernstem oder eher ausdruckslosem Gesicht da, er sah aus wie ein kleiner Junge auf dem Klassenfoto, den das Blitzlicht erschreckt hat.

»Ist es der junge Kiuru?«, fragte ich leise. Ich sah Andrej aufmerksam ins Gesicht und versuchte, den Impuls zu erkennen, den die Gesichtsmuskeln in bestimmten Situationen zwangsläufig auslösen, das unwillkürliche Zucken. »Du kennst ihn doch, Matti Kiuru.«

Ich glaubte gerade, eine kleine Bewegung in Andrejs Augenwinkeln zu erkennen, doch da lächelte er plötzlich und zeigte seine schönen, ebenmäßigen Zähne. »Der Matti ist kein Dealer, das kannst du mir glauben«, sagte er fröhlich, trank sein Glas leer und stand auf.

»Okay. Pass auf dich auf. Und gammel nicht den ganzen Sommer hier rum. Sieh zu, dass du nicht in schlechte Gesellschaft gerätst, ja?«, versuchte ich, ihn noch zu beschwören.

Er war schon auf der Rolltreppe. Auf halbem Weg rief er mir zu: »Keine Sorge. Ich bin Helfer bei zwei Konfirmandenlagern.«

Was mochte das nun wieder heißen? Jemand sollte mir mal erklären, was die Kirche heutzutage veranstaltet, überlegte ich. Und dann dachte ich darüber nach, ob Andrejs Gesicht doch etwas verraten hatte, obwohl seine Worte ehrlich geklungen hatten.

Am nächsten Morgen erinnerte ich mich an einen kurzen Traum:

Eine Rentierscheidung, ich wunderte mich, wieso ich dabei war. Die Rentiere rannten im Gehege im Kreis, Fangschlingen sausten durch die Luft, schlangen sich um die Hörner. Hirvas und vaadin, Rentierbock und Rentierkuh, ich wusste noch, wie ich mir die Bezeichnungen eingeprägt, im neuen Land neue Wörter gelernt hatte, obwohl die Sprache die meiner Mutter war. Und meines Vaters. Aber Rentiere waren mir trotzdem fremd, nur Bilder und Wörter, ohne Größe und Gefühl und Geruch.

Irgendwer warf eins der Rentiere zu Boden. Sein Fell war grau und hart, aber glatt, und sein Auge, ein schwarzes, feuchtes Oval, blickte verschreckt, aber unschuldig.

Es sah aus wie Andrej Ronkonens Auge, dachte ich nach dem Aufwachen.

II

Sende Blitze und streue sie aus,
schick deine Pfeile und jage sie dahin.
Psalm 144,6

SECHS

Das Lokal war auf altmodische Weise geräumig. Das Orchester spielte wiegende Melodien, die Musiker sahen merkwürdig ernst aus und trugen Jacketts in Pastellfarben, die vor einigen Jahren Mode gewesen waren. Die Menschenmasse wogte über die Tanzfläche, einige Männer saßen an den Tischen und die Frauen verströmten ihren Lockduft.

Ich war oft zum Tanzen gegangen, war durch das Helsinkier Nachtleben gezogen und hatte Tanzlokale besucht, die ich nicht kannte. Mitunter war ich auf Seniorenbällen und Schwulenpartys gelandet, und wenn ich meinen Irrtum begriffen hatte, hatte ich versucht, mich zurückzuziehen, ohne jemanden zu beleidigen. In solchen Lokalen und angesagten Nachtclubs hatte ich an der Theke gestanden und mich bemüht, so auszusehen, als liefe alles reibungslos. Oft hatte ich auch Anschluss gefunden und gemerkt, dass die einen zurückschreckten, wenn ich mich als Viktor vorstellte, während die anderen meinen fremdartigen Namen aufregend und charmant fanden.

Aber schon bald waren diese Ausflüge ermüdend und sogar deprimierend geworden. Die Lokale wurden einem vertraut wie große öffentliche Wartezimmer und bald erkannte man auch die Stammgäste wieder, die zwanghaft ihre Runden drehten, auf der Flucht vor dem Eingeständnis, dass sie einsam waren. Schnell lernte man auch, die Touristen des

Nachtlebens zu klassifizieren, die Kollegengrüppchen, die nach der Arbeit schwofen gingen, diejenigen, die einmal im Monat Ausgang hatten und auf die Pauke hauten, und die Strohwitwer, die irgendwann verschwanden wie die Zugvögel. Dann schienen auch die sich leerenden Tanzlokale in den Winterschlaf sinken zu wollen.

Zu Marjas Zeiten war ich nachts nur noch unterwegs gewesen, wenn ich einen Job zu erledigen hatte. Aber nun war ich zum Vergnügen hier. Ich seufzte schwer und sah Aleksej zu, wie er zwei Kaffeelöffel verbog, sie als Sonnenbrille vors Gesicht hielt und rief: »Kitzbühel!«

Aleksej hatte seine Einstandsfeier begonnen, indem er mit seinen Kollegen in die Sauna gegangen war und sie anschließend zu Pizza und Bier eingeladen hatte. Ich war erst im Tanzlokal dazugestoßen. Den frühen Abend hatte ich damit verbracht, für einen Kunden von Auto-Ruuskanen zu dolmetschen, der ein merkwürdiges Russisch sprach und lange um einen Tax-free-BMW feilschte. Am Ende hatten sich beide Parteien hinterhältig lächelnd über den Preis geeinigt und ich hatte die Papiere ausgefüllt. Aber in dieser Zeit waren Aleksej und seine Kumpels von Kneipe zu Kneipe gezogen und ich war hinterhergefahren wie ein Jäger, der von Runde zu Runde weiter hinter seiner Beute zurückbleibt. Zu guter Letzt hatte ich Aleksej endlich auf dem Handy erreicht, zwischen fröhlichem Gebrüll einige Worte verstanden und das richtige Lokal gefunden.

Ich trank ein Bier und überlegte, ob ich auf Limonade umsteigen oder meinen Mercedes über Nacht auf dem Parkplatz stehen lassen sollte. Ich hatte den Verdacht, dass mein großer Bruder am späteren Abend einen zurechnungsfähigen Aufpasser brauchen würde. Im Moment tanzte er und sang mit melancholischem Blick einer Frau auf Russisch *Die*

Möwe ins Ohr, machte dem Sänger auf der Bühne Konkurrenz. Ich schätzte meine Geduld ab und bestellte das zweite Bier.

Ich trank, unterhielt mich mit Aleksejs Kollegen, tanzte, und die Frauen machten mir Komplimente zu meinem netten Bruder. Ich nickte, obwohl mich Aljoschas ausgelassenes Treiben befremdete. Erst jetzt wurde mir klar, dass er zum Studium ans Polytechnikum gegangen war, bevor ich alt genug gewesen war, um mit ihm einen draufzumachen. Als ich dann selbst studierte und wir uns, was selten genug vorkam, in Leningrad oder Moskau trafen, waren wir beide verlegen und ernst gewesen. In Sortavala wiederum waren wir bei Mutter, brav und anständig, allenfalls legten wir zur Erinnerung an die Kindheit einen Ringkampf hin. Aleksej hatte jung geheiratet, mit Irina einen Sohn gezeugt, der inzwischen schon erwachsen war, hatte in Moskau an einem Schreibtisch aus Nussbaumholz gesessen und sich nach dem Zerfall der Sowjetunion modernisiert, zum kleinen Fisch im großen Business.

Und nun war er hier, tanzte zu flotter Musik und sang das Lied auf Englisch mit. Wo hatte er so gut Englisch gelernt? Er zog mich auf die Tanzfläche und bald waren wir alle dort, tanzten Schulter an Schulter und in langer Reihe unsere Version von griechischen Volkstänzen und Letkiss und legten jubelnd einen Trepak hin.

Ich mochte es nicht, betrunken zu sein. Der kurze Moment, in dem der Rausch sich ankündigte, fühlte sich gut an. Aber danach gab es nur noch Betäubung, Langsamkeit und Tollpatschigkeit. Ich wollte immer die Kontrolle behalten. Auch das war getestet worden, als ich bei der Armee zur Spezialausbildung gewählt wurde. Man hatte die Wirkung von Narkotika und Schnaps untersucht, mit demselben Ernst wie den Effekt psychischer und physischer Belastungen. Ich war bei den Tests auf den Beinen und bei Verstand geblieben, hatte lange durchgehalten, mit unbewegtem Gesicht. Der Mann sieht aus wie ein Killer, hatte die Auswahljury gesagt und dasselbe in militärpsychologischem Jargon in meinen Papieren vermerkt. Auf die letzte Seite des Bewertungsbogens, unter *Sonstige Beobachtungen*, hatten die Juroren geschrieben: Fähigkeit zu töten, dahinter ein Fragezeichen. Außerdem schrieben sie: Befolgung extremer Befehle, Ausrufezeichen und viele Fragezeichen. Davon hatten sie mir nichts gesagt und es war auch nicht nötig gewesen. Dieser Mangel war mir vollkommen bewusst.

»Ich bin kein Abstinenzler, ganz und gar nicht. In meiner Person verbindet sich die russische Trunksucht mit der melancholischen Alleinsauferei der Finnen«, hörte ich mich dozieren. Ich fühlte mich betäubt, langsam und tollpatschig, war aber nicht sicher, ob ich das schon gesagt und was ich sonst noch alles geredet hatte. »Ein Mann, der aussieht wie ein Besoffener«, lächelte ich.

Ich wusste, dass die Frau, die mir nachdenklich zuhörte, Helena hieß und dass sie jemanden aus unserer Gruppe kannte und bei uns hängen geblieben war. Ich wusste auch, dass sich ihr Oberschenkel warm und gleichmäßig an mein Bein drückte.

»Was du von diesen psychophysischen Tests erzählt hast, ist wahnsinnig interessant, in klinischem Sinn«, sagte Helena und fügte irgendetwas Ernsthaftes und Kompliziertes hinzu. Ich starrte sie an und nickte, als ob ich ihr zuhörte, dabei waren bei dem Lärm im Lokal selbst einfache Sätze kaum zu verstehen. Sie spitzte so hübsch den Mund, wenn sie sprach.

Inzwischen waren noch andere zu unserer Clique gestoßen. Ich sah, dass sich mein Bruder angeregt mit Matti Kiuru unterhielt. Aleksej hatte erwähnt, dass er auch seinen Nachbarn zu der Feier eingeladen hatte, aber mit Matti waren zwei weitere kurzhaarige Burschen gekommen, die wartend dastanden, die Daumen auf die gleiche Art in die Gürtelschlaufen ihrer Hosen gesteckt.

Der Anblick des Trios pustete mir das Gehirn klar. Ich begriff, dass ich die Burschen irgendwo schon einmal gesehen hatte. In irgendeiner schlimmen oder unangenehmen Situation. Und ich erinnerte mich, dass ich mit Matti etwas zu bereden hatte.

Helena sagte, sie gehe sich die Nase pudern. »Du kommst doch zurück?«, fragte ich, sah ihr in die Augen und streichelte flüchtig ihre Hand. Sie lächelte leise, und ich dachte, dass es dieses Lächeln seit Jahrtausenden gab.

Ich war im Begriff, zu Matti zu gehen, als mich jemand von hinten an der Schulter packte. *»Einst fand ich dich, mein Freund …«*, sang Korhonen, schlug aber gleich darauf eine andere Tonart an. »Was machst du in diesem Sündennest, dem Strom der Verderbnis ausgeliefert?« Es fehlte nicht viel, und er hätte ausgespuckt. »Zwischen all den Huren Babels!« Er sprach, als wäre er leicht betrunken, seine Augen glänzten und die Wangen glühten.

»Mein Bruder feiert eine kleine Party. Und was machst du hier?«, fragte ich zurück. Ich entwand mich seinem Griff, was nicht leicht war, denn seine Finger schienen in Zangenstellung erstarrt zu sein.

»Ich verfolge Räuber, Mörder und Hurenböcke, Falschgeldwechsler …«, nickte Korhonen zu Aleksej, Matti Kiuru und dessen Freunden hinüber.

Dann sah er mich an, ein wenig zu fest, als ob es ihm schwerfiel, die Sehschärfe einzustellen. »Ich arbeite beim

Dezernat für Berufs- und Gewohnheitskriminalität, weißt du das nicht? Beim B-G-K. Hej, das beschreibt ja direkt meine Aufgabe. Beruf: Ganoven killen.« Er lachte freudlos.

Schwankend stand er da, mit hängenden Armen, die Finger immer noch verkrampft. »Das ist mir zu viel«, sagte er ruhig und holte die Pistole aus dem Halfter wie ein Verkaufschef sein grellbuntes Handy.

»Sende Blitze und streue sie aus, schick deine Pfeile und jage sie dahin«, deklamierte Korhonen. »Psalm 144«, flüsterte er und hob seine Waffe, richtete sie mit fester Hand auf die lachende Vierergruppe. Aleksej sah direkt in das schwarze Auge der Pistole und warf sich auf den Boden.

Ich schlug Korhonen auf den Arm, zog ihn am Mantelkragen leicht zurück und legte ihn mit einer Beinschere flach. Seine Dienstwaffe, eine Glock, fiel ihm aus der Hand und landete mit einem merkwürdigen Poltern auf dem Boden. Plastikgehäuse, erinnerte ich mich. Der eine von Matti Kiurus Kumpanen schob die Hand in den Rücken, und ich wusste, ohne nachzudenken, dass er nach dem Griff seiner Waffe im Gürtel tastete. Ich sprang auf einen Tisch und von da direkt auf den Mann. Er sackte zusammen wie ein schief aufgeschichteter Holzstapel und breitete sich auf dem Boden aus.

Der Mann lag unter mir, Arme und Beine von sich gestreckt, und atmete schwer. Ich stand vorsichtig auf, hob warnend den Finger und sah ihm die ganze Zeit in die Augen. Langsam, mit gebeugten Knien, ging ich rückwärts und schnappte mir Korhonens Pistole. Korhonen saß auf dem Fußboden und schüttelte benommen den Kopf. Ich sah, dass die Portiers angerannt kamen. Ich beugte mich zu Korhonen hinunter, nahm seine Brieftasche aus dem Jackett und suchte den Polizeiausweis.

»Lass mich das erledigen. Das ist für alle Beteiligten das Beste«, sagte ich leise, aber jede Silbe betonend.

Korhonen nickte.

»Bist du übergeschnappt? Was zum Teufel sollte der Quatsch?«, brüllte ich Korhonen an. »Mann, du hast sie wohl nicht mehr alle! Klar, in einem Tanzlokal ist es ja üblich, die Knarre zu ziehen und die Hälfte der Gäste zu bedrohen. Darf ich bitten, oder wollen wir erst mal schießen? Du kannst mir dankbar sein, dass ich dir deinen Job und deine Gesundheit gerettet habe.«

Wir saßen im Mercedes. Aleksej auf der Rückbank schlief halb, den Kopf ans Fenster gelehnt, Korhonen hockte neben mir und sah auf die Straße, wo sich bereits die Morgendämmerung ankündigte. Ich hatte den Portiers im Lokal Korhonens Dienstmarke gezeigt und ohne weitere Erklärungen verkündet, ich hätte die Sache im Griff. Matti Kiuru hatte sich sofort aus dem Staub gemacht, seinen Kumpanen und Aleksejs Gästen hatte ich bedeutet, dass die Party vorbei war und sie nach Hause gehen sollten. Korhonen und Aleksej hatte ich halb nach draußen geschoben. Natürlich hatte mein Bruder sich gesträubt und gemeckert, so früh könnten wir doch nicht Schluss machen, wir müssten noch irgendwo weiterfeiern. An der Tür hatte er gerufen: »Elvis has left the building.« Ich hatte die beiden ins Auto gestoßen, die Türen zugeknallt, mich auf den Fahrersitz fallen lassen und tief geseufzt. Erst dann hatte ich Korhonen angebrüllt.

»Und guck dir bitte mal meinen Bruder an. Sieht der etwa aus wie ein Dealer?«, fuhr ich Korhonen an. Aljoschas Gesicht wurde vom Fenster platt gedrückt, sein Atem ließ die Scheibe beschlagen.

»Sorry«, sagte Korhonen, als wäre damit alles erklärt.

»Es geht mir nicht so gut«, entschloss er sich weiterzureden.

Ich hatte ihn nie so leise und ernst sprechen gehört.

»Wahrscheinlich habe ich zu viel ... Böses gesehen.« Er ließ jedes Wort einzeln fallen.

»Mein Vater hat eine Sonntagsschule geleitet«, flüsterte Korhonen, doch dann wechselte er die Tonart und ließ sein altes Ich aufblitzen: »Aber einem Gottlosen wie dir sagt das natürlich nichts.«

Ich schwieg, verlor kein Wort über die Nichtexistenz Gottes in sowjetischen Familien und auch nicht darüber, dass ich durchaus von einem Wesen dieses Namens gelesen hatte. Die Luft im Wagen schien sich zu einer greifbaren, weichen Masse zu verdichten, in die Korhonens Worte plumpsten.

»Damit ringe ich. Mit der Sünde. Profiringen, All Stars Wrestling. Diese Stadt ist eine einzige Kloake. Ein Geschwür, das man aufschneiden sollte. Damit der Eiter rausspritzt«, verkündete Korhonen.

»Aber was weiß ich schon. Heute bin ich mit dem Bus gefahren, da fläzte sich so ein junger Rüpel auf einer Bank, nahm zwei Plätze in Anspruch. Und ich wollte schon sagen, mach Platz für die Omas und lass dich nicht so hängen, ein gesunder junger Mann! Und dann sah ich, dass er ein Hörgerät trug und irgendwie behindert war. Das sind sie alle, irgendwie behindert.«

Korhonen dehnte seine Nackenmuskeln, presste das Kinn auf die Brust und legte anschließend den Kopf in den Nacken.

»Und ich bin kein Stück besser. Oder höchstens so viel, dass ich weiß, wie schlecht ich bin«, fasste er zusammen, packte seine Worte in eine Gefrierbox und ließ den Deckel zuschnappen. »Ach, lassen wir das. Geht euch ja nichts an.«

Ich sah ihm in die Augen und nickte. »Wartet hier, ich geh noch mal kurz ins Lokal«, sagte ich.

Helena stand an der Garderobe. Sie zog sich gerade einen hellen, kurzen Mantel an.

»Du bist noch da. Entschuldige, dass ich so einfach verschwunden bin, es gab einen kleinen Zwischenfall«, erklärte ich hastig.

»Ich hab mich schon gewundert. Ihr wart auf einmal alle weg und an den anderen Tischen haben die Leute komisch geguckt und geflüstert. Hat es eine Schlägerei gegeben oder was?«

»Bloß eine kleine Störung«, gab ich zurück. »Aber was ich dich eigentlich fragen wollte: Kann ich dich irgendwo absetzen?«

Wieder lächelte Helena ihr jahrtausendealtes Lächeln. »Na ja, vielleicht darfst du.«

»Was?«

»Mich absetzen.«

Beim Wagen angelangt, schickte ich Korhonen auf die Rückbank. Helena murmelte etwas von Alkohol am Steuer, und ich versuchte, sie zu beruhigen, so viel hätte ich doch gar nicht getrunken. Korhonen schien zu seinem Normalzustand zurückzufinden.

»Kärppä ist nicht kleinzukriegen. Als die Sowjets den getestet haben, hat sich das Lakmuspapier im Pinkelbecher gelb verfärbt und das Alkometer hat einen Kurzschluss gekriegt. Außerdem bin ich Polizist. Not kennt kein Gebot und so weiter. Was ich sagen will: Die Lage ist unter Kontrolle, total und absolut.«

Helena sagte, sie wohne in Oulunkylä. Auf dem Weg dorthin schwiegen wir. Korhonen wollte ein paarmal losquasseln, aber ich verbot ihm den Mund und erinnerte ihn daran, dass er mir einige Gefälligkeiten schuldete.

»Ich wollte doch bloß ein bisschen Reklame für dich machen«, protestierte er. Ich sah ihn im Rückspiegel so grimmig an, wie ich nur konnte.

»Hier«, sagte Helena.

Das Etagenhaus mochte aus den 1970er-Jahren stammen. Es war weiß getüncht, die Klettergerüste auf dem Hof waren schon rostig.

Ich parkte am Straßenrand und sagte zu Korhonen und dem schlafenden Aleksej, sie sollten schön sitzen bleiben und sich das Nachtstudio anhören, wenn sie wollten, könnten sie auch anrufen und dem Moderator von ihren Problemen erzählen. Korhonen lächelte schief und zwinkerte mir zu.

Ich begleitete Helena zum Haus, sie holte den Schlüssel aus der Tasche, schloss auf und hielt die Haustür einen Spaltbreit offen. Wir gingen hinein. Helena zeigte mir die weißen Buchstaben auf der schwarzen Namenstafel: Lindvall. Ich nahm sie in die Arme und wir küssten uns. Ich streichelte sie, schob meine Hände unter ihren Mantel. Als ich eine Hand auf ihren Schamhügel legte, machte sie sich von mir los, wischte sich mit dem Handrücken über die Lippen und sagte: »Es geht nicht, ich hab meine Tage.«

Ich bemühte mich um einen Gesichtsausdruck, der sagen sollte, macht nichts, das ist doch die natürlichste Sache der Welt.

Dabei überlegte ich, ob ich über ihre Reaktion zufrieden war. Hätte sie versuchen sollen, mich abzuweisen, oder einen Verzögerungskampf führen und mir dann erlauben, ihr die Kleider vom Leib zu reißen? Oder hätte sie mich zuerst keusch, dann mäßig leidenschaftlich küssen, mir zum Abschied übers Gesicht streichen und in den nächsten Tagen auf meinen Anruf antworten sollen?

»Mein Mann wäre vielleicht auch nicht gerade begeistert, wenn ich dich mitbrächte«, lächelte Helena.

Beinahe wünschte ich mir, dass die Mailbox leer war. Ich schaltete den Computer ein, ging ins Netz und gab mein Passwort an. Ein grüner Pfeil zeigte auf das Brieficon.

Mein Krumelchen,

ach, wie ich mich nach Dir sehne – nach Deiner finnischen Art, ob Du's glaubst oder nicht, Du kleiner Russe. Ich sehne mich nach Deiner Schwere und Deiner Echtheit, sie sind so eine Art Grundlage, auf der man Licht und Klarheit sieht. Wie die Streifen bei einem Flickenteppich. Oder ist es Deine slawische Dusterkeit? Egal, die Bezeichnung oder Definition spielt keine Rolle.
Das nur als kleiner Gruss, bin auf dem Sprung zur Vorlesung.

In Liebe, Deine M.

SIEBEN

In der Arkadiankatu bestieg ich ein Taxi. Ich roch gleich, dass es ein japanischer Wagen war, und erkannte die Toyota-Kringel am Lenkrad.

»Fahr erst mal zur Mechelininkatu, irgendwo in Hinter-Töölö machst du dann kehrt«, sagte ich zu den kurzen schwarzen Nackenhaaren des Fahrers.

»Ich bin Schicht. Nicht kann leer fahren«, erwiderte der Mann in gebrochenem Finnisch.

»Ich bestell dich selten genug zu einer Fahrt. Und wie schnell du die Sache erledigst, hängt ganz allein von dir ab«, wechselte ich ins Russische über. Ich vergewisserte mich, dass alle Fenster geschlossen waren; unser Gespräch sollte nicht nach draußen dringen. »Falls du das Funkgerät oder einen Rekorder eingeschaltet hast, rate ich dir freundlichst: Mach's aus.«

»Ich fahr ganz normal Taxi«, erwiderte der Fahrer verdrossen. »Und zwar, um mir meine Brötchen zu verdienen. Andere Jobs hab ich kaum. Manchmal schnappe ich etwas von Fahrgästen auf, manchmal werde ich als Chauffeur engagiert, für Politiker oder Geschäftsleute. Aber das kommt sehr selten vor. Ich muss hart arbeiten für mein Geld.«

»Na, die Telefonnummer, die du mir gegeben hast, scheint noch gültig zu sein, also laber nicht rum. Ich hab ein einfaches Anliegen. Es gibt eine neue Drogenroute aus dem Osten, oder neue Importeure. Keiner weiß was. Erzähl mir davon.«

Der Mann blickte mich zum ersten Mal im Spiegel an. Ich sah seine dunklen Augen und die Metallbrille, dann nur noch das dichte schwarze Haar, immer noch schwarz, obwohl der Fahrer schon über fünfzig war. Er schien sich auf den Verkehr zu konzentrieren, wechselte die Spur und lehnte sich dann zurück.

»Ich weiß, dass der Geheimdienst deswegen besorgt ist. Und die Gemeinschaftskassen in Petersburg sind heiß wie ein Schürhaken im Backofen. Außerdem weiß ich, dass verschiedene Alternativen untersucht werden und dass man von Finnen spricht.«

Er unterbrach sich, musste an einer Ampel halten und behielt den Fuß auf der Bremse.

»Eigentlich komisch, dass du danach fragst. Du müsstest doch Bescheid wissen. Jedenfalls wirst du observiert.«

Jetzt sah er mich im Spiegel prüfend an, wechselte die Rolle, machte sich bereit, mich auszufragen.

Ich verzichtete darauf, überrascht die Lippen zu spitzen und angesichts dieser unbegreiflichen Behauptung die Arme auszubreiten. Stattdessen sagte ich eindringlich:

»Ich habe mit der Sache nichts zu tun. Die Polizei sitzt mir im Nacken, fragt mich aus, setzt mich unter Druck und erpresst mich. Ich habe meine Lektion gelernt. Der Unterricht ist mir zu hart. Im Alter wird man eben vorsichtig«, lächelte ich der Gesichtshälfte im Spiegel zu. »Und mit der Botschaft habe ich nichts am Hut. Du bist eine Ausnahme.«

»Von hier aus kommst du mit der Straßenbahn weiter«, sagte der Fahrer urplötzlich und hielt an einem Taxistand. Ich stieg aus, ohne mich für die Fahrt zu bedanken.

»Tja. Alle wissen, dass es jetzt zwei von euch gibt. Dein

Bruder kommt her und plötzlich läuft das Geschäft in ganz neuen Bahnen. Da fallen einem alle möglichen Rechenaufgaben ein, zum Beispiel eins plus eins«, schickte mir der Fahrer durch die Türspalte nach. »Dass die Polizei dir zusetzt, hab ich auch schon gehört, aber der Grund soll ein ganz anderer sein. Bei dieser Dopingsache steckst du ganz schön in der Scheiße. Und die B-Probe wird dich da nicht rausreißen.«

Er schlug die Tür zu, bevor ich ein Wort erwidern konnte.

Aleksej kam zu Besuch. Ich saß auf der Treppe und betrachtete den wabernden blauen Rauch, während er seinen Nissan einparkte. Er hatte einen neuen Aufkleber auf der Heckscheibe: *Verschwende dein Geld nicht, versauf es lieber!*

»Komm mit, wir erledigen was Geschäftliches«, sagte ich und zog mir ein Hemd über.

Wir fuhren in Richtung Norden, auf der Schnellstraße nach Tikkurila und weiter nach Hiekkaharju. Ich lenkte den Wagen durch schmale Straßen, die nach Blumen und Gräsern benannt waren, bis ich die richtige Gasse und das niedrige Einfamilienhaus fand. Zur Straße hin stand eine hohe Hecke.

»Tag, Tiilikainen. Du solltest deinen Weißdorn mal stutzen. Beinahe hätte ich dein Haus nicht gefunden«, rief ich dem Mann zu, der mit dem Rücken zu uns vor einem Gasgrill stand und Würstchen briet.

»Ach, der Kärppä«, sagte Tiilikainen und zog seine bunte Shorts hoch. Seine Waden ragten blass und muskellos aus den Hosenbeinen, der Bauch wölbte sich über dem Gummizug.

»Danke der Nachfrage, es geht mir gut, ganz schön heiß heute, der finnische Sommer ist fantastisch«, fasste ich den Small Talk-Anteil zusammen. Ich trat so dicht an den Mann heran, dass ich das gleichmäßige Summen des Grills hörte und die garenden Würstchen roch. Tiilikainen strich über die große Grillgabel, legte sie dann auf die Ablage. Er wusste nicht, wohin mit den Händen.

»Sind die Kacheln im Bad ordentlich an den Wänden geblieben? Ich dachte, dass Sacharow die Schlussinspektion machen kann.« Ich deutete auf Aleksej. »Er spricht kein Finnisch, aber er ist ein As in seinem Fach: Rechnungen, Schulden und Inventur.«

Aleksej hätte beinahe aufgelacht, blies aber im letzten Moment die Backen auf und schmatzte mit den Lippen. Er bemühte sich, die Stirn in Falten zu legen, und sah schräg nach oben zum Himmel.

»Du hast nämlich eine Kleinigkeit vergessen«, sagte ich zu Tiilikainen. »Das Bezahlen. Material und Arbeit, drei Riesen in der neuen Währung. So hatten wir es abgemacht, unter Männern.«

Die Tür ging auf und eine Frau kam in den Garten, etwas jünger als Tiilikainen, auch sie in Shorts und Bikini-Oberteil. »Jorma, leg schon mal die Tomaten auf den Grill, die Kartoffeln sind gleich gar ...« Sie blieb stehen, als sie uns erblickte, hob mit einer seltsam graziösen Bewegung das Tablett, sodass ihre Arme die Brüste verdeckten, und kreuzte züchtig ihre Beine.

»Mein Kumpel hier könnte mit Marjatta das Haus inspizieren, während wir beiden verhandeln«, schlug ich Tiilikainen freundlich vor. Aleksej öffnete den obersten Hemdknopf und ging an Tiilikainen vorbei. Er nahm die Grillgabel, stieß sie in eine Wurst wie ein Fischstecher, der einen Hecht erbeutet, und pustete auf die heiße Pelle.

»Stimmt, stimmt. Ich hab's vergessen, tut mir leid«, gab Tiilikainen hastig zu. Er wirkte zusehends wie der Typ Mann, der ein zusätzliches Stahlschloss am Lenkrad seines

Autos anbringt. »Hör zu, ich erledige das gleich nach dem Essen, übers Internet, ich hab ja deine Kontonummer und alles …«

»Na meinetwegen. Damit die Kartoffeln nicht verkochen«, gab ich mich freundlich. »Ich bin ja keineswegs maßlos. Aber jetzt sind es dreitausenddreihundert, in Euro.«

Tiilikainen sagte nichts, sah mich nur unterwürfig an.

»Sagen wir einfach, es handelt sich um einen Zuschlag für Kleinbedarf. So was steht ja immer auf der Rechnung. Hast du dir je überlegt, was Kleinbedarf ist? Außerdem natürlich Bearbeitungsgebühr und Mahngebühr und Eintreibungsgebühr. Zwei Männer fahren bis zu dir raus, verbrauchen teures Benzin. Auch ökologisch ist es vernünftig, pünktlich zu zahlen, unter dem Aspekt der nachhaltigen Entwicklung. Nicht wahr?«, fragte ich und ging zu meinem Wagen. Aleksej folgte mir, machte aber noch einmal kehrt, um ein Stück Küchenkrepp von der Rolle abzureißen. Er wischte sich die Finger ab und stieg ein.

»Wow, das war voll krass«, legte er los, sobald er die Tür zugeschlagen hatte. »Der Alte hat sich in die Hosen geschissen, und die Mutti hätte auch fast die Sloggi nass gepinkelt.«

»Sprich anständig. Sind deine Kollegen etwa Grundschüler? Oder von wem hast du diese Modewörter gelernt?«, wunderte ich mich.

»Na ja, für einen Rückwanderer sind Sprachkenntnisse das Allerwichtigste«, lächelte Aleksej zufrieden. »Ich les alles und guck Fernsehen und hör Radio und versuch, so viel wie möglich mit den Leuten zu reden. Ich hab schon in Moskau angefangen zu studieren. Das Finnisch, das wir zu Hause gesprochen haben, ist nämlich ziemlich antik, die reinste Landeiersprache. Mit Dreschflegeln und Kardieren und Braken kommt man hier nicht weit.«

»Okay. Aber zurück zur Sache. Es ist gut gelaufen, der Kerl wird zahlen. Aber merk dir eins: Ich hab mir nur mein Gehalt geholt. Es geht hier nicht um Schutzgeld, schreib dir das hinter die Ohren. Für die drei Riesen hab ich hart gearbeitet«, erklärte ich nachdrücklich.

»Verstanden«, nickte Aleksej. »Aber cool war's trotzdem.«

Zum ersten Mal seit langer Zeit träumte ich von Sortavala.

Ich war in der Stube, Mutter stand geschäftig am Herd, kochte und sah gesund aus, obwohl ich auch im Traum wusste, dass sie tot war. Aber es schmerzte mich nicht. Marja deckte den Tisch, Helena schnitt Brot und ich wunderte mich, weil auch Lena in der Stube war, sie saß am Tisch und strich die Decke glatt.

Sie waren geschäftig und gut gelaunt wie eine Gruppe Frauen beim Teppichwaschen am See, wenn die Sonne brennt und das Wasser kühlend auf den Steg spritzt. Ich wollte mich an den Tisch setzen, aber die Frauen sprachen laut miteinander und schienen mir überhaupt nicht zuzuhören.

Ich versuchte einzuwenden, dass Marja in Amerika war und dass ich Helena gerade erst in einer Kneipe kennengelernt hatte, und Lena, du liebe Güte, sie hatte ich seit zehn Jahren nicht mehr gesehen. Ich erinnere mich, wie sie die Uliza Dekabristow entlangging und ich dastand und ihr nachsah, und sie drehte sich nicht um, obwohl ich wusste, dass sie zögerte.

Ich begriff, dass ein Teller zu viel auf dem Tisch stand, mit Messer und Gabel, aber ich war an diesem Tisch nicht willkommen.

Ich erwachte aus dem Traum und konnte mir keinen Reim darauf machen. Aber noch am nächsten Morgen erinnerte ich mich an ihn.

ACHT

»Die Uniform ist doch superlächerlich, in der falle ich jedem auf«, machte ich meinem Zweifel Luft.

»Ganz im Gegenteil. Nach einem Handwerker im Overall guckt sich keiner um und nach einem Putzmann in Arbeitskluft erst recht nicht. Du bist überhaupt kein Mensch«, sagte Ponomarjow zufrieden und öffnete mit seiner Magnetstreifenkarte den Liefereingang zum Polizeigebäude. *Tür schließen* stand auf einem Papierfetzen, der am Fenster klebte, daneben hing ein kleinerer und ordentlicherer Zettel mit der Mahnung, darauf zu achten, dass die Tür ins Schloss fiel.

Ich folgte Ponomarjow und malte mir aus, wie der erste Polizist, der uns begegnete, mich am Schlafittchen packen und fragen würde, was ich hier zu suchen hätte. Ponomarjow ging leicht x-beinig mit kurzen Schritten durch den Korridor, zog die Träger seiner leuchtend blauen Arbeitshose hoch wie ein Ringer sein Trikot, wenn er auf die Matte tritt. Ihm schien es überhaupt nichts auszumachen, dass wir im Begriff waren, in einen Polizeicomputer einzubrechen.

Korhonen hatte mich vor zwei Tagen wieder besucht. Er tauchte in der Halle auf, saß eine Weile stumm auf der Hobelbank und begann dann, an einem Stück Holz herumzuschnitzen. Ich berichtete ihm das wenige, das ich wusste, und er höhnte, ich sei ein maul- und klauenseuchiges Kalb.

»Wie drollig! Eine neue Import- und Großhandelsfirma.

Die Petersburger Kasse ist schwer sauer. Finnen mischen mit. Und die russische Botschaft hängt draußen vor der Tür wie ein Tamponfaden«, kristallisierte er meine spärlichen Informationen zu beißendem Salz. »Wirklich seltsam, dass niemand was weiß.« Ich gab zu, dass meine Erkenntnisse dürftig waren und dass ich mich selbst darüber wunderte.

»Da wundert sich ganz wunderlich der kleine Wandersmann«, sang Korhonen und verabschiedete sich so plötzlich, wie er gekommen war. Er reagierte nicht, als ich fragte, wie es in der Dopingsache weiterging und wie der Status beim traditionellen Business war.

»Kannst du dir an die Wand hängen!«, rief er an der Tür. Auf der Hobelbank lag ein kleiner Holzvogel, dessen fächerartig aufgestellte Schwanzfedern so dünn geschnitzt waren, dass sie sich kräuselten.

Ponomarjow holte mich in die Gegenwart zurück. »Nimm den Wagen hier und zieh dir Pariser über die Hände und dann leerst du die Papierkörbe aus. Wenn wir kreuz und quer von einem Zimmer ins andere flitzen, merkt keiner, dass ich an Korhonens Schreibtisch ein bisschen länger verweile.« Er sah meine verwirrte Miene und klärte mich auf: »Gummihandschuhe. Wir haben hier Profiputzmittel. Wenn du die ungeschützt benutzt, kannst du dich auf ein gewaltiges Jucken gefasst machen.«

Ich schob mein Wägelchen, sammelte Recyclingpapier in den Karton und kippte den Abfall in den schwarzen Sack, der weit offen in der Halterung hing. Das Gebäude war sauber und neutral wie jeder beliebige Bürokomplex. In den Fluren und Zimmern war jedoch eine Witterung hängen geblieben, die meine Nase einfing. Es war weniger als ein Geruch, aber dennoch wahrnehmbar. Spuren von verschmutzter Kleidung waren darin enthalten, von Hundekot, der an den Schuhsohlen klebt, von ungewaschenen Händen, ungeputzten Zähnen und von Schnapsmief. Diese Art von Geruch bildete sich allmählich in Räumen, die von Männern benutzt wurden. Man fand ihn in Kasernen, Gefängnissen, im Umkleideraum einer Werkstatt – und im Polizeigebäude.

Ponomarjow gab mir Ratschläge und zeigte mir die richtigen Handgriffe, wählte an seinem großen Bund die Schlüssel für die abgeschlossenen Türen und lächelte wohlgefällig, als ich mich laut darüber wunderte, dass er überall Zutritt hatte.

»Ja, und die Leute machen sich überhaupt keine Gedanken! In den Firmen liegen alle möglichen Papiere, Memoranden und Vertragsentwürfe offen auf den Schreibtischen rum. Noch unvorsichtiger sind sie mit ihren Computern. Im Büro kümmert man sich vielleicht noch um die Dinger, man hat Datenschutzabteilungen und all so was, aber wenn man einen Laptop auf Dienstreise mitnimmt oder sich von zu Hause aus ins System der Firma einloggt, und die Kinder haben vorher gerade im Internet gespielt oder mit irgendeinem Guru gechattet, dann hat man ein ziemliches Risiko. Oder eine Chance«, fügte er hinzu und grinste zufrieden.

Ich kam ganz gut mit Computern zurecht, aber im Vergleich zu Ponomarjow war ich ein blutiger Anfänger. Ich hatte ihm gelegentlich zugeschaut, wenn er leise vor sich hin brabbelnd in Betriebssysteme, Einstellungen und Netze vordrang. Er murmelte »Ach, so ist das hier« und »Es hat ja gar keine Bugs angezeigt« und »Vielleicht liegt das Problem da«, als ob er durch sein Wohnviertel spazierte und dabei überlegte, welches der kürzeste Weg zum Laden wäre, oder im Vorbeigehen feststellte, dass der Nachbar offenbar zu Hause war, da sein Wagen vor dem Haus stand.

Bisher hatte ich ihn nur um Hilfe gebeten, wenn mein Computer abgestürzt war oder wenn es mir nicht gelang, eine neue Software zu installieren. Aber ich wusste, dass er von seiner Wohnung in Ost-Pasila aus durch die Informationssysteme von Unternehmen, Behörden, Organisationen und Privatleuten streifte, zum Vergnügen oder für Geld.

»Problem?« Ponomarjow hatte es fertiggebracht, mit diesem einen Wort selbstzufriedene Ungläubigkeit auszudrücken, als ich ihn angerufen und gefragt hatte, ob es ein großes Problem sei, Zugang zum Computer eines Polizisten zu bekommen. »Eine fantastische Sache! Wir können es vor Ort erledigen, du kommst mit! Unsere Firma putzt nämlich im Polizeigebäude.«

Ich leerte die Papierkörbe und wischte Staub, als würde ich dafür bezahlt. Im Pausenraum spülte ich die Kaffeetassen und musste lachen, als ich einen weißen Henkelbecher sah, auf dem in schwarzen Buchstaben *Teppo* stand. Ich malte mir aus, wie ich Korhonen damit aufziehen würde, doch dann ging mir auf, dass ich von den Tassen nichts wissen durfte. Vielleicht konnte ich ihm aber wenigstens sagen, meiner Einschätzung nach sei er ein geschäftiger Schneckerich, bestimmt hätte er in seinem Dienstzimmer einen Flickenteppich und Grünpflanzen und wahrscheinlich käme er in klappernden Holzpantinen mit seinem Kaffeebecher aus dem Pausenraum und seufzte dabei: »Dann mal an die Arbeit ...«

In Korhonens Zimmer war es halb dunkel. Ponomarjow schaltete den Computer aus, der Bildschirm wurde schwarz und knisterte vor statischer Elektrizität. »Alles in Butter«, sagte Ponomarjow und klopfte auf seine Brusttasche. »Ich hab seine Dateien auf eine CD kopiert. Allerdings scheint dein Freund lieber mit dem Stift zu schreiben. Überall liegen Notizzettelchen herum, aber auf dem PC ist echt wenig gespeichert. Na, das kannst du dir ja zu Hause angucken. Ab sofort kriegst du auch eine Kopie von all seinen E-Mails.«

Ich setzte mich auf Korhonens Bürostuhl, lehnte mich zurück und stellte mir vor, wie er hier saß und auf seinem Stuhl wippte, zum Fenster hinausschaute, den grauen Himmel betrachtete. Um einen Blick auf die Baumwipfel zu erhaschen, musste man sich recken. Auf dem Fußboden standen zum Bürogebrauch degradierte Halbschuhe und eine Sporttasche.

Drei Zettel waren mit Reißzwecken an die Wand gepinnt: eine gedruckte und mit Kugelschreiber korrigierte Liste von Telefonnummern, der Speiseplan der Kantine vom Februar 1997 und ein Organigramm der Polizei. Keine Ansichtskarten, keine Karikaturen, keine Kinderzeichnungen, stellte ich fest. Ich entdeckte nur zwei Versuche, dem Raum eine persönliche Note zu geben, nämlich ein Filmplakat an der Schranktür – John Travolta mit einer Pistole in der Hand, darunter der Text *If you're playing with matches, you'll get burned* – und ein Stickbild an der Wand, auf dem rote Kreuzstichbuchstaben an den Weg, die Wahrheit und das Leben erinnerten.

Ich stand auf, bedankte mich bei Ponomarjow und wollte mich verdrücken.

»Nicht so hastig, junger Mann«, sagte er und legte den Kopf schief. »Die Klos müssen noch geputzt werden. Komm mal mit, ich zeige es dir.«

Ich zockelte in Malmi mit zwanzig Stundenkilometern hinter einem Bus her, als sich das Bild eines rostigen Nissan in meine Netzhaut einbrannte. Ich lenkte meinen Mercedes auf einen Parkplatz, von dem ein offensichtlich selbst gebasteltes Schild behauptete, er sei für die Mitarbeiter und Kunden eines Maklerbüros reserviert. Trotzdem parkte ich und ging auf den Marktplatz, der zum Kaufhaus hin immer breiter wurde und von Geschäften, Banken und Lokalen gesäumt war. An der Straße hatte man zwischen den Neubauten wie aus Gehässigkeit ein altes Holzhaus stehen lassen. Gleich daneben parkte Aleksejs Nissan. Ich fragte mich, wie er an all den Pfeilern vorbeigekommen war, die die Durchfahrt verhindern sollten.

»Na, Brüderchen?«, knarzte ich so trocken wie die ungeölten Scharniere der Autotür. Aleksej hielt eine Kamera auf dem Schoß, deren Objektiv bis unter das Lenkrad reichte. »Was machst du hier? Und was ist das?«

»Eine Zenit TTL, eine ausgezeichnete Systemkamera. Und das hier ist ein 500-Millimeter-Teleobjektiv, ein guter alter Fotosniper, der preisgünstige Traum für jeden Naturfotografen.« Aleksej betete die Litanei herunter, als hätte er den Katalog eines Fotogeschäfts auswendig gelernt. Ich sah das Kennzeichen der Moskauer Olympiade auf der Kamera und erinnerte mich, wie mein Bruder sie in einem komplizierten Tauschvorgang erworben hatte.

»Das sehe ich. Aber ich verstehe nicht ganz, was du hier fotografieren willst. Die Tauben etwa?«

Aleksej seufzte und guckte so schuldbewusst, wie es einem Mann in mittleren Jahren nur möglich ist. »Na ja, da drüben ist so eine Thai-Massagepraxis«, rang er sich ab und deutete auf die gegenüberliegende Straßenseite. »Ich warte, bis ein passend aussehender Mann da reingeht, guck auf sein Nummernschild und frag beim Kfz-Register, auf wen der Wagen zugelassen ist. Telefonservice, kostet gar nicht viel. Wenn der Alte mit rotem Gesicht rauskommt, mache ich ein Foto. Dann besorge ich mir bei der Auskunft seine Telefonnummer, rufe ihn an und sage, Massage tut gut und da ist gar nichts Erotisches dran, du interessierst dich eben für fernöstliche Kulturen, klar doch, brauchst mir nichts zu erklären. Aber vielleicht hätte deine Frau auch Interesse. Soll ich die Fotos entwickeln lassen, oder willst du den Film kaufen? Zu einem angemessenen Preis natürlich, sagen wir mal, fünfhundert Euro.«

»Hast du diese Geschäftsidee ganz allein entwickelt?« Ich gab mir die größte Mühe, nicht aus der Haut zu fahren.

»Nee, Matti Kiuru hat mir davon erzählt. Ein paar Freier haben wir gemeinsam erledigt«, erklärte Aleksej bereitwillig. Gleichzeitig behielt er die Tür zum Massagestudio im Auge. Ein Pappschild im Fenster wies darauf hin, dass auch eine Sauna zum Service gehörte.

»Jetzt kommt er«, flüsterte Aleksej. Er stützte das Teleobjektiv auf das Lenkrad, spannte mit dem Daumen den Auslöser und stellte sorgfältig die Entfernung ein. Ich legte eine Hand vor die Linse.

»He, lass das, der Kerl ist der perfekte Kandidat«, schimpfte Aleksej und versuchte, meine Hand wegzuschieben.

Ich drückte die Kamera mit aller Kraft nach unten, wo der Mann sie nicht sehen konnte. »Aljoscha, glaub mir, kein gutes Geschäft«, artikulierte ich sorgfältig wie ein Sprachlehrer. »Dieser perfekte Kandidat heißt Remes. Ich kenne ihn. Und er kennt mich. Er ist ein Hehler und finanziert außerdem alle möglichen Geschäfte. Wenn du den Fehler machst, den zu erpressen, gräbt er dich aus, und deine Zähne auch, mitsamt den Wurzeln. Der hat schon ganz andere Leute in die Kiesgrube befördert.«

Wir saßen schweigend im Wunderbaumduft. Leute mit Einkaufstüten gingen oder radelten vorbei.

»Brauchst du irgendwas? Ich helfe dir, wir können gemeinsam besorgen, was du willst«, versuchte ich, zu beschwichtigen.

Aleksej drückte auf den Auslöser, spannte erneut, drückte

wieder ab, Daumen und Zeigefinger arbeiteten im Wechsel. Ich stellte mir vor, wie das Licht, als wäre es Materie, durch die Öffnung floss, die sich für eine Hundertstelsekunde bildete.

»Na ja, richtig dringend brauche ich eigentlich nichts. Aber ich will auch mal irgendwas selber machen. Und Geld verdienen. Das braucht man hier, für alles«, seufzte mein Bruder und guckte zum Seitenfenster hinaus. »Du willst mir helfen, schön und gut, aber ich muss doch auch allein zurechtkommen.«

Marja hatte gemailt. Sie berichtete von Vorlesungen und Essays und von der Bibliothek. Verwundert erzählte sie, dass die Studenten mit dem Auto in die Nachbarstadt fuhren, literweise Bier tranken und dann zurückrasten. Ihre Sätze schmeckten so vertraut, ich las sie mit einem Lächeln, doch als ich die Mail geschlossen hatte, war ich unzufrieden, weil sie nicht mehr enthielt. Sie klang so alltäglich. Ich zuckte zusammen, als eine neue Mail eintraf und mir klar wurde, dass es die Kopie einer Nachricht an Korhonen war. Beinahe hätte ich mich umgeschaut, ob mich auch niemand beobachtete. So ähnlich muss sich ein Spanner fühlen, der durch ein beschlagenes Saunafenster lugt, dachte ich.

An: teppo korhonen <teppo.korhonen@poliisi.fi>
Von: tuulia ekström <tuulia.ekstrom@interpol.org>
Re: ich komme

Mein virtueller Geliebter,

ich komme schon nächste Woche nach Finnland. Die Konferenz in Den Haag ist abgesagt oder genau genom-

men verschoben worden, deshalb habe ich meine Reise vorverlegt. Ich fliege am Dienstag spätabends. Nyman kommt mit derselben Maschine, hol mich also nicht ab.
Ich weiß bisher nur, dass ich gleich am Mittwochmorgen eine Besprechung habe, aber ich sage Dir genauer Bescheid, wenn ich in Finnland bin und höre, was die Herren geplant haben. Effektive, gut vorbereitete und in jeder Hinsicht traumhafte Sitzungen, vermute ich. Zumindest die Reorganisation der internationalen Abteilung scheint ihnen unbegreiflich zu sein. Ich verstehe nicht, was daran so schwierig sein soll. Man listet auf, was man erreichen will, entscheidet über die Vorgehensweise und informiert die Leute, that's it! Manchmal liegen mir wirklich die Nerven blank, aber ich will Dich nicht mit meinem Frust überschütten.
Ich sage vorsichtig, es wäre schön, Dich zu sehen, aber wenn es für Dich schwierig ist, habe ich Verständnis.
Jetzt klicke ich send *und denk an Dich. Du spürst es sicher, vielleicht träumst Du gerade jetzt von mir?*

Tuulia.

Ich kappte die Verbindung zum Netz und schaltete den Computer aus. Gleich darauf klingelte das Telefon. Helena.

»Du hast nichts von dir hören lassen, also musste ich meinen Stolz überwinden und dich anrufen. Ich störe hoffentlich nicht?«

»Ganz und gar nicht«, sagte ich, obwohl ich mir nicht so sicher war.

NEUN

In meinem Büro in Hakaniemi arbeitete ich Papierkram auf. Ich hatte einem Unternehmer mit drei Forstmaschinen geholfen, einen Auftrag in Russisch-Karelien zu ergattern, und nun waren die Maschinen in Vuokkiniemi beschlagnahmt worden. Eine finnische Firma hatte die Bäume stehend gekauft und den Kleinunternehmer mit der Abholzung beauftragt, aber als die Stämme und Holzstützen aufgestapelt waren, schaukelte ein grauer Wolga an den Rand der Hiebfläche und entlud seine Fracht, eine Horde Schreibtischhengste vom Karelischen Forstministerium und der Stadt Kostamus und wer weiß, von welchem Büro noch. Die Herren reckten sich, zogen ihre grauen Mäntel zurecht, schüttelten lächelnd den Kopf, sagten, aber nein, der Verkäufer hatte keinen Anspruch auf diesen Wald und genau genommen befinden Sie sich hier auf dem Areal des geplanten Nationalparks Kalevala, wo alles, was größer ist als ein Eichhörnchen, nur mit Schutzpantöffelchen herumlaufen darf. Außerdem sind die Stämme falsch herum aufgestapelt und einen Zoll zu lang, und ausländische Maschinen schleppen Krankheiten, Schädlinge und alle möglichen Viren ein. Und die Inspektionsbrigade stempelte die Papiere, bis sie ganz violett waren, brachte Pappkarten an den Stapeln an und verschloss die Türen der Forstmaschinen mit Ketten und Vorhängeschlössern.

Ich vermutete, dass über den millionenschweren Maschinen ein neuer Fichtenwald gewachsen sein würde, bevor das Problem auf dem Amtsweg gelöst werden konnte. Oder die Harvester würden stückweise verschwinden – sie würden nicht sozialisiert, sondern eher neoprivatisiert werden – und zwischen den Weidenröschen würde nur ein nach Öl riechender Fleck zurückbleiben.

Trotzdem setzte ich die entsprechenden Beschwerdeschriften, Anfechtungsschreiben und begründeten Erklärungen auf, in denen nachgewiesen wurde, dass der Unternehmer in gutem Glauben und aufgrund legaler Propuske gehandelt hatte.

Es wäre recht und billig und läge im Interesse aller Beteiligten, schrieb ich, dass er seine teuren Maschinen abholen durfte, bevor sie verrosteten, um sie bei neuen Projekten im Geist der finnisch-russischen Unternehmenskooperation einzusetzen. Die Streitigkeiten und Entschädigungen und das Schicksal der vielen tausend Kubikmeter Holz sollten separat geregelt werden, zwischen dem finnischen Käufer und der Karelischen Forstverwaltung. Schon beim Schreiben wusste ich, dass mir mit Sicherheit eine Reise nach Sortavala und Petrozawodsk und Venehjärvi und Vuokkiniemi bevorstand, zu Freundschaftsbesuchen bei vierzehn Forstdirektoren, Abholzbezirkssekretären und Umweltinspektoren, und dass ich als Proviant einen Rucksack voll Euros und eine Kiste Wodka mitnehmen musste.

Ich kopierte mein Schreiben und stellte den Ordner in den Aktenschrank. Als die Türfeder schnarrte, drehte ich mich um. Zwei Männer standen in meinem Büro, ein dunkelhaariger mit Hakennase in der Mitte des Raums, ein kleinerer mit schütterem blondem Haar bei der Tür.

»Grüß dich, Viktor«, duzte mich der Hakennasige, ließ

den Vatersnamen unter den Tisch fallen, obwohl wir uns seit mehr als zehn Jahren nicht gesehen hatten.

»Hallo, Oleg«, grüßte ich zurück, sah ihm in die Augen, hieß ihn aber nicht willkommen und erkundigte mich auch nicht nach dem Befinden seiner Familie. Ich hatte ihn sofort erkannt und war nicht erfreut.

»Viktor Kjarp ...pa. Ach was, Kornostajew war besser«, sagte er. Er setzte sich auf meinen Besucherstuhl und deutete mit dem Hinterkopf auf seinen Begleiter. »Das ist mein Kumpel Ilja Gerasimow. Du kennst ihn nicht. Weißt du, Iljuscha war Pilot, aber er durfte nur zwanzig Stunden im Jahr fliegen. Das macht eine halbe Stunde pro Woche, und das nicht mal jede Woche. Weniger Zeit, als ein Mann in einer Frau steckt.« Er erwartete kein Lachen oder Lächeln, er hatte keinen Witz gemacht, sondern Tatsachen konstatiert. Der Blick seiner braunen Augen blieb immer gleich, vertraut, freudlos. »Es gab kein Geld für Treibstoff, und mit Wartung und Ersatzteilen war es auch eher so lala. Also hat Iljuscha die Suchoj stehen gelassen und bei uns angefangen.«

Ich nickte knapp. Gerasimow war gesprächig wie ein Kühlschrank.

»Und ich? Auch ich habe den Dienst am Vaterland quittiert, schon vor Jahren. Als Major. Zuletzt war ich bei der Invasionstruppe in Pichkowa. Aber wir wurden ja an vielen Stellen eingesetzt. Die Speznaz-Einheit«, sagte der Hakennasige nicht ohne Stolz.

Wir saßen da und sahen uns in die Augen. Ich erinnerte mich an das Überlebenstraining, das wir in derselben Gruppe absolviert hatten. Wir waren in einer uns unbekannten Gegend mit dem Fallschirm abgesprungen, hatten massenhaft Landkarten bei uns, die aber alle irgendwie verkehrt herum oder unvollständig zu sein schienen. Die Himmelsrichtung mussten wir anhand der Uhr, der Sonne und der Sterne bestimmen. Und ich erinnerte mich, wie Oleg Nazarjan Distanz gehalten hatte, obwohl wir nur zu sechst waren, wie er die Fische, die er gefangen hatte, allein aß, während wir anderen Püree aus Wurzeln und Brei aus der Bartflechte der Fichten kochten und uns einredeten, dass darin irgendwelche Nährstoffe enthalten sein mussten, denn schließlich lebten ja auch die Rentiere von Flechten. Als wir frotzelten, Nazarjan sei nur mitgeschickt worden, um unsere politischen Überzeugungen auszuspionieren, sah er uns ernst an und brachte es fertig, zugleich geheimnisvoll und wissend dreinzublicken, und die Frotzelei erstarb wie die Glut in unserem jämmerlichen Lagerfeuer.

Ich hatte viele Monate mit dieser Gruppe in derselben Stube verbracht, bei denselben zermürbenden Schindereien, bei denen das Durchhaltevermögen bis aufs Letzte ausgereizt wurde. Die anderen lernte ich bis zum Bodenschlamm im Tümpel ihrer Seele kennen, aber den armenischen Genossen nicht. Er verhielt sich meist still, machte mitunter eine überhebliche Bemerkung und hielt klaglos durch, obwohl er weder groß noch stark war und auch nicht besonders zäh wirkte.

Und als unser Trüppchen aufgelöst wurde, aus uns ebenso unbegreiflichen Gründen, wie es zusammengestellt worden war, vertrauten alle einander an, wohin sie abkommandiert worden waren, nur Nazarjan nicht. Als jemand sich traute, ihn zu fragen, knurrte er, er ginge in den Süden.

»Ich erinnere mich noch, wie gut die Barsche geschmeckt haben«, unterbrach Nazarjan meine Gedanken. Er sah mich an, als hätte er in meinen Augen die Bilder gesehen, die mir durch den Kopf gezogen waren, und lachte leise. Selbst sein Lachen klang boshaft.

»Aber die Suppe von gestern macht dich heute nicht satt, sagen die alten Leute. Lassen wir die Vergangenheit ruhen«, fuhr er fort. »Ich bin geschäftlich hier, in Sachen Business.« Bizznezz, so sprach er das Wort aus. Sein Russisch verriet seine kaukasische Herkunft.

»Aha«, machte ich.

»Die Organisation, die ich vertrete, ist äußerst besorgt oder besser gesagt stinksauer über den schlechten Gang der Geschäfte hier in Finnland. Wir bringen die Ware hierher und kümmern uns um den Groß- und teilweise auch um den Einzelhandel. Aber jetzt ist auf einmal ein wüster Konkurrent aufgetaucht, sagen wir mal, ein grauer Importeur. Und viele Quellen, ich wiederhole: Viele zuverlässige und gewöhnlich gut unterrichtete Quellen sagen, dass es sich bei dieser ungesunden Konkurrenz um Finnen handelt. Viele deuten an, raten und vermuten, dass du, Viktor, und dein Bruder Aleksej auf eigene Faust aktiv geworden seid.«

Nazarjan wartete mein Dementi nicht ab, sondern fuhr fort: »Ich erinnere mich, dass du bei der Armee ein besonnener Mann warst, geradezu kaltblütig. Du bist fähig, eine Situation richtig einzuschätzen. Darauf vertraue ich auch jetzt. Andernfalls würden wir dich umbringen, vielleicht sogar barmherzig, sodass du gar nicht merkst, dass du stirbst. Na ja, wahrscheinlich nicht. Nicht barmherzig, meine ich.«

Er schien über seine Korrektur nachzudenken, die Wahrscheinlichkeit verschiedener Tötungsarten abzuschätzen. Dann fasste er seine Schlussfolgerungen zusammen: »Wenn du tatsächlich hinter der Sache steckst, wäre sie damit bereinigt. Und wenn es jemand anders ist, würde er die Warnung verstehen.«

»Ich habe mit Drogenhandel nichts zu tun«, fauchte ich Nazarjan an.

»Mag sein. Mir ist das ziemlich egal«, fegte er seine Beweiskette beiseite. »Aber du bist ganz nah dran. Dein Angestellter, wie heißt er gleich? Gospodin Kiuru, nicht wahr. Du bist doch praktisch der Patenonkel seines Sohnes. In deinem eigenen und im allgemeinen Interesse solltest du dich mal ein bisschen umhören.«

Nazarjan und der Jagdflieger Gerasimow verschwanden so schnell, wie sie gekommen waren. Die zuschwingende Tür schob einen Schwall Hitze herein. Mich fröstelte.

ZEHN

Das Handy weckte mich mitten in der Nacht. Mutter, schrie mein Herz auf, aber eine tiefe, vernünftigere Stimme in meinem Innern erwiderte, Mutter sei doch schon tot, ihr könne nichts mehr zustoßen. Als Nächstes dachte ich an Marja und rechnete den Zeitunterschied nach, acht Stunden, oder neun in der Sommerzeit. Die roten Nummern auf meinem Radiowecker zeigten 04:04.

»Kärppä«, meldete ich mich.

»Korhonen hier. Du hast doch wohl nicht geschlafen? In der schönsten Zeit des Sommers! Ich hab ein bisschen zu lange im Biergarten gesessen. Heute früh brauche ich einen Fahrer. Hol mich gegen acht Uhr ab«, kommandierte Korhonen. Er fragte nicht, ob ich zur Arbeit musste oder sonst etwas vorhatte. Seine Adresse nannte er mir nur ein einziges Mal, erklärte dann aber, das Haus sei gleich neben dem Schwimmbad, ich solle von Tapanila über die Brücke nach Fallkulla laufen und dann weiter nach Unter-Malmi.

»Genau der richtige Frühsport für dich. Bis dann«, sagte er und legte auf, bevor ich eine Chance hatte, zu protestieren.

Das Innehalten der Schritte verriet, dass ich durch den Türspion betrachtet wurde. Dann schnappte das Schloss auf und in der Tür stand eine Frau im Morgenmantel, ungefähr in meinem Alter. Sie hatte kurze dunkle Haare und trug eine Brille mit Metallgestell und quadratischen Gläsern, die ihr ein wenig zu tief auf der Nase saß.

»Guten Morgen, ich soll Teppo abholen«, erklärte ich. Der Vorname schmeckte fremd.

»Teppo, für dich!« Die Frau wandte sich ab und verschwand. Ich blieb an der Tür stehen. Ein kleines Mädchen rannte in ein Zimmer auf der linken Seite des Flurs und kam gleich darauf zu meiner Überraschung aus der Toilette.

»Liinu, hast du abgezogen? Und die Hände gewaschen ...«, hörte ich Korhonens Stimme und kapierte, dass es sich um zwei Mädchen handelte.

Korhonen kam zum Vorschein – aus dem Schlafzimmer, nahm ich an – und knöpfte das Kurzarmhemd zu. Die Haare hatte er mit einem nassen Kamm gekämmt. »Tritt näher. Ich komm heute nicht richtig in die Gänge, brauch erst mal einen Kaffee«, sagte er. Mir bot er keinen an. Ich folgte ihm ins Wohnzimmer, das in eine Essecke überging, an die sich wiederum die Küche anschloss.

Ich setzte mich auf ein eckiges blaues Sofa. Alle Wände waren weiß, die Bilder und Poster hingen schnurgerade wie in einer Galerie.

»Eine helle Wohnung«, bemerkte ich, um irgendetwas zu sagen.

»Ja, unser Viktor hier sucht Fotomotive für die Sondernummer von *Schöner Wohnen*. Zum Thema attraktive Wohnungen in den Problemvierteln Jakomäki, Puistola und Malmi, städtische Miet- und Sozialwohnungen, als kleines Extra Schimmelbefall«, stellte Korhonen mich vor.

»Wer weiß, was der sucht«, schnaubte seine Frau. Sie las Zeitung und trank Kaffee. »Nehmen Sie es nicht persönlich. Ich mag es einfach nicht, dass Teppo berufliche Dinge nach

Hause bringt. Immerhin haben wir kleine Kinder«, erklärte sie mir.

»Die Frau Pröpstin ist bloß sauer, weil es bei mir gestern spät geworden ist ... *auf der Suche nach dem Weg des Lichts*«, schloss Korhonen seine Bemerkung singend ab.

Die Zwillinge hüpften ins Wohnzimmer, setzten sich auf den Fußboden und schalteten den Fernseher ein. »Und hundert Zuschauer antworten ...« Der Quizmaster machte es spannend, er wetteiferte mit den Kandidaten um den Titel des größten Blödians.

»Leenu und Liinu, leiser!«, riefen Korhonen und seine Frau im Chor.

»Es ist doch gerade so toll«, murrte Leenu oder Liinu, drehte die Lautstärke aber ein wenig herunter.

Ein hoch aufgeschossener Junge schlurfte am Esstisch vorbei, schob seine Füße in Skateschuhe und brummte einen Gruß.

»Nun geh schon. Immer auf den letzten Drücker, sieh zu, dass du nicht zu spät kommst«, mahnte seine Mutter.

»Ja, ja, schon gut«, antwortete der Junge und polterte im nächsten Moment schon durchs Treppenhaus.

»Teemu arbeitet in den Sommerferien im Supermarkt«, klärte seine Mutter mich auf. Ich nickte.

Wir brachen auf. Korhonen ging mühsam die Treppe hinunter. »Die verflixten Achillessehnen knirschen, wenn sie noch nicht warm sind«, erklärte er. »Ich komm heute einfach nicht so richtig in Gang. Dabei hab ich gar nicht so viel getrunken. Ein paar Whiskys und Zigaretten und zu wenig Schlaf, und das ist nun die Strafe. Kennst du das estnische Menü? Abends Irina fünfhundert und morgens Aspirin vierhundert.« Unten angekommen, warf er mir den Autoschlüssel zu.

»Warte noch einen Moment, wir bringen Leenu und Liinu zum Kindergarten.«

Die Mädchen kamen aus dem Haus. Die eine trug einen blauen Ranzen, die andere einen roten. Schon für die Schule gekauft, erklärte Korhonen und klopfte seine Taschen ab. Schlüssel, Ausweis, Handy, Zigaretten …

»Ich hab die Kaffeemaschine angelassen, glaub ich. Aber darum wird sich Ellen schon kümmern.«

Er half den Mädchen beim Einsteigen. »Papi hat vom Skiverband empfohlene Reifen, wisst ihr. Schön glatt.« Die Mädchen schnitten sich gegenseitig Grimassen und kicherten.

»Na schön, das war ein Witz aus Papis Kindheit …«, begann Korhonen und die Zwillinge kreischten vergnügt: »… als die Schuhe noch nicht erfunden waren. Alter Witz, schweineaaalt.«

Korhonen lotste mich zum Kindergarten und brachte die Mädchen bis ans Tor. Leenu und Liinu hielten sich an den Händen und sprangen wie ein aus zwei Menschen bestehendes Theaterpferd, es waren immer mindestens zwei Beine gleichzeitig in der Luft.

»Fahr erst mal nach Tapanila zum Kiosk. Ich will ein paar Totoscheine ausfüllen«, sagte Korhonen und steckte sich eine Zigarette an. Ich protestierte nicht gegen die Qualmerei, kurbelte nur wortlos das Fenster herunter. Am Kiosk wartete ich im Wagen und hörte Radio. Eine nasale Männerstimme sang etwas von einem kleinen Herzen, wunderte sich, wie viel darin Platz fand. Es war ein hübsches Lied, ich überlegte, ob ich Marja etwas darüber schreiben sollte.

Neben mir hielt ein Toyota-Kleintransporter. Ein kleiner rundlicher Zigeuner sprang heraus, bemerkte mich, hob grüßend die Hand und kam näher.

»Tag auch. Wie geht's?« Der Zigeuner trug eine Hose aus

dunklem Tuch und einen Blouson, dessen Reißverschluss bis oben zugezogen war, schien aber nicht zu schwitzen, obwohl die Luft stand und es unglaublich heiß war, schon am frühen Morgen. »Hör mal, ich hab einen Trainingsanzug für dich, Adidas, beste Qualität. Oder eine Windjacke?« Er zeigte auf den Kleintransporter. Ein zweiter, größerer Rom öffnete die Hecktür und legte sich in durchsichtige Plastikbeutel verpackte Kleidungsstücke über den Arm.

»Kein Bedarf«, gab ich zurück. Ich hatte dem Rundlichen einmal ein paar Stangen Zigaretten verkauft, wusste aber nicht, wie er hieß.

»Du bist kein Sportler? Na, dann nicht, obwohl dir Bewegung sicher guttäte. Aber Handel hält die Welt in Schwung. Bloß, weißt du, die Politik in diesem Land ist total falsch, überhaupt in ganz Europa. Ich hab lange darüber nachgedacht. Denk doch bloß mal: Finnland ist ein Agrarland, die Leute hier haben jahrzehntelang gearbeitet, hart gearbeitet, und jetzt, weißt du, jetzt nehmen der Staat und die EU und das Finanzamt einem jede Freude an der Arbeit. Unternehmertum bringt nichts mehr ein«, predigte er.

Ich bemühte mich, weder zuzustimmen noch zu widersprechen, ihn nicht zu berichtigen und nicht aufzustacheln. Korhonen kam mit einem Sixpack Bier vom Kiosk. »Schau an, der Senator persönlich. Steckt bloß die Klamotten weg, sonst muss ich sie mir ansehen. Und zwar nicht, um die Größe 52 B zu suchen«, warnte er freundlich.

Der Rundliche erschrak keineswegs, er ließ sich Zeit, schaukelte auf den Absätzen und legte die Hand an eine imaginäre Mütze. »In Ordnung, Jungs. Wir machen uns auf die Socken und versuchen unser Glück woanders. Wer essen will, der muss arbeiten«, sagte er würdevoll und stieg ein. Auch der andere Rom winkte Korhonen grüßend zu.

»Die Zigeunerphilosophen Homeros und Blomerus«, sagte Korhonen und steckte ein dickes Bündel Tippscheine in seine Brusttasche.

»Ganz schön einsatzfreudig«, bemerkte ich.

»Ach weißt du, ich hab eben eigenes Geld. Ellen erlaubt mir immer, das Pfandgeld zu behalten, wenn ich die Flaschen wegbringe«, versetzte Korhonen, doch seine Augen lächelten nicht mit. Er öffnete eine Bierflasche.

»Ehrlich, sie ist klug und hält mir keine Moralpredigten, wundert sich nur manchmal über mich.« Korhonen starrte auf die blau-gelben Reklameaufkleber am Kiosk. »Sie ist Finnlandschwedin. Und Psychologin. Und mit mir verheiratet. Aber trotzdem eine kluge Frau.«

Er fingerte an seiner Bierflasche herum, öffnete mit seinem Schlüsselanhänger die nächste. »Na, jetzt hab ich meine Alte genug gelobt. Steigt ihr am Ende noch zu Kopf. Jetzt bringst du mich nach Pasila. Ich kipp ein paar Bierchen und erledige den Schreibtischkram. Du kannst mit dem Zug nach Hause fahren. Oder wohin du willst.«

Ich fuhr schweigend los. Doch als wir auf der Tuusulantie waren, konnte ich nicht länger an mich halten.

»Du hattest also gar nichts mit mir zu bereden. Du wolltest bloß einen Chauffeur«, schimpfte ich und schüttelte den Kopf. »Ich begreif dich nicht, Korhonen. Du drehst durch, demnächst wirst du noch deinen Job verlieren. Du musst schon einen Haufen Pfefferminzdrops lutschen, damit man den Schnaps von gestern und das Bier von heute nicht riecht. Mann, du hast doch Familie und alles, was treibst du dich mit anderen Frauen rum ...«

Korhonen wandte mir das Gesicht zu, ich spürte seinen Blick auf meiner Schläfe.

»Hör bloß auf. Es reicht, wenn ich selbst mit mir ringe.

Ich sah an alles Tun, das unter der Sonne geschieht, und siehe, es war alles eitel und Haschen nach Wind. So steht's im Buch des Predigers. Das ist in der Bibel, Blödmann.«

Wir schwiegen wieder. Ich verkniff mir die Bemerkung, dass die Biertrinkerei die Klarheit des Bibelzitats irgendwie trübte. Als wir im Vorort Käpylä an der Ampel standen, fuhr Korhonen fort: »Irgendwie scheint alles so bedeutungslos. Sinnlose Plackerei. Und kein Friede.«

Korhonen machte eine Atempause, doch ich blieb stumm.

»Und du?«, fragte er scharf. »Wie gut läuft deine Arbeit? Über diese Heroinsache hast du jedenfalls nichts herausgefunden. Entweder sind deine Quellen versiegt oder du bist mit deinen Gedanken ganz woanders. Du überlegst dir, ob deine Alte es mit einem Neger treibt. Davor hast du Angst. Wenn sie sich hier mit einem Halbrussen abgegeben hat, kann sie sich da drüben gerade so gut einen Neger anlachen«, sagte er boshaft.

Beim Polizeipräsidium dirigierte er mich in die Tiefgarage. Ich reichte ihm wortlos den Schlüssel und ging. »Sorry«, rief er mir nach.

Ich stapfte zum Bahnhof. Die Fahrt über blieb ich an der Tür stehen. Die Drucklufttüren öffneten und schlossen sich fauchend, und ich sah, dass irgendwer mit Filzstift *Weißes Recht* neben die Tür geschrieben hatte. Was zum Teufel soll das nun wieder bedeuten, wen betrifft das und wer hat es sich ausgedacht?, überlegte ich. Und war stinksauer.

ELF

Ich rief Onkel Olavi in St. Petersburg an.

»Viktor!«, rief er erfreut, dann wurde seine Stimme ernst. »Nochmals vielen Dank für die Einladung zur Beerdigung. Es war eine schöne Feier. Die hatte deine Mutter aber auch verdient, eine so gute Frau! Und Aljoscha ist jetzt auch in Finnland, wie man hört. Arbeit und Wohnung und so weiter in Ordnung?«

»Ja, ja. Und immer noch im Ölgeschäft, nur verkauft er jetzt kanisterweise Mobil statt Millionen Barrels Sibneft-Produkte«, gab ich lächelnd zurück.

»Und du, steckst du mal wieder in der Klemme?«, fragte Olavi geradeheraus. Ich hatte ihn vor einiger Zeit um Hilfe bitten müssen, als der russische Geheimdienst mich dazu erpresst hatte, einen Auftrag zu übernehmen. Und mein Onkel hatte geseufzt und geholfen. Nachdem ich ein paar harmlose Aufträge erledigt hatte, hatte er meine Akte in ein Archiv geschmuggelt, das frühestens bei archäologischen Grabungen wieder geöffnet werden würde. Moskau und die russische Botschaft in Helsinki hatten mich seither in Ruhe gelassen.

»Ich habe in den staatlichen Organisationen keinerlei Status mehr, das verstehst du doch. Und meine Kontakte werden auch immer weniger. Da sitzen jetzt neue Männer, in Armani-Anzügen und Seidenkrawatten, und die reden in

Zungen«, seufzte er, klang aber nur ganz leicht enttäuscht. »Sicherheitsberater bei Fortum, das ist eine ganz nette Beschäftigung für mich alten Mann, ich will wirklich nicht behaupten, dass ich der Vergangenheit nachtrauere. Obwohl damals alles seine Ordnung hatte und die Halbwüchsigen einem nicht auf der Nase herumgetanzt sind. Wer es doch versucht hat, ist runtergefallen.«

»Ich brauch deine große Nase nur zum Schnüffeln. Ich werde hier unter Druck gesetzt und verdächtigt. Hast du vielleicht irgendeinen Kontakt, bei dem ich etwas über neue Importeure erfahren könnte? Bei der Petersburger Kasse soll es deswegen ziemlich heiß hergehen, und ich würde ganz gern versuchen, ihr Kühlung zu verschaffen und gleichzeitig zu verhindern, dass ich mir den Arsch verbrenne.«

»Das ist hoffentlich eine sichere Verbindung?«, fiel mir Olavi ins Wort.

»Sollte es sein.«

»Natürlich sollte es eine sein«, äffte er mich nach.

»Ein Prepaid-Anschluss, also ein anonymer SIM-Chip«, verteidigte ich mich. »Lässt sich nicht zurückverfolgen.«

»Harascho«, sagte Olavi, überlegte eine Weile und gab mir dann seine Anweisungen. »Ich schicke dir gleich eine SMS an diese Nummer. Du besorgst dir eine andere Handynummer und gibst sie bei der Nummer an, die ich dir in der SMS nenne. Kapierst du?«

»So gerade noch«, tat ich pikiert. »Und dann?«

»Dann wartest du ab, bis dir ein Kontakt genannt wird. Das wird sicher eine Weile dauern, denn ich muss erst die Basisarbeit leisten. Aber was tut man nicht alles für seine Verwandten«, spielte er den Märtyrer.

Ich bedankte mich.

Korhonen lehnte am Kotflügel des Mercedes, als ich mit dem Kleintransporter in die Zufahrt zu meinem Haus einbog.

»Toller Schlitten«, sagte er bewundernd und polierte mit dem Ärmel den weißen Lack, als hätte sein Hosenboden Schmutzflecken darauf hinterlassen.

»Was willst du schon wieder? Andauernd rennst du hier herum. Brauchst du etwa wieder einen Chauffeur?«, gab ich zurück.

»Mensch, Kärppä, sei keine Mimose. Ich konnte doch nicht ahnen, dass dein Mädchen ein dermaßen wunder Punkt für dich ist«, sagte Korhonen begütigend.

Ich funkelte ihn wütend an.

»Ehrlich, es tut mir leid«, entschuldigte er sich. »Ich hab bloß so dahergeredet.« Er zuckte die Achseln. »Außerdem, bevor sie Zeit für die Neger hat, probiert sie bestimmt erst Indianer, Latinos und angelsächsische Protestanten aus ... Nur ein Witz, ein Witz!«, rief er und lachte, als er sah, dass ich gleich zuschlagen würde. »Ein blöder Joke, ich weiß, aber ich muss trotzdem lachen. Abwechslung macht Freude.«

»Deine Frotzelei verkürzt dein Leben noch mehr als das Rauchen. Verdammt noch mal, wieso kannst du nicht einfach den Mund halten«, giftete ich.

Korhonen schnurrte fast vor Wohlbehagen.

»Lass die Lebensberatung bleiben oder willst du Briefkastentante werden? Statt dir Tipps zur innovativen Wiederverwertung von Strumpfhosen auszudenken, könntest du mir lieber erzählen, wer vor dem Hotel Helka das Auto samt Fahrer in die Luft gejagt hat. Hat der Elektronik-Club der Rücksiedler die Bombe gebastelt?«

»Darüber weiß ich nun wirklich nichts«, erwiderte ich verblüfft. »Natürlich habe ich in der Zeitung davon gelesen. Aber das Opfer ist mir unbekannt. Und der Täter auch, soweit ich weiß. Die Autos auf dem Zeitungsfoto sahen auch ganz fremd aus. Überhaupt ist das Ganze beruflich uninteressant. Wirkte eher amateurhaft.«

»Beruflich uninteressant, so, so«, spöttelte Korhonen. »Na ja, ehrlich gesagt, ich bring dich nicht mit dem Fall in Verbindung. Ich dachte nur, du hättest vielleicht zufällig etwas gehört.« Korhonen lächelte wissend, dann sagte er: »Und du hast Besuch von alten Freunden bekommen.«

Ich überlegte sieben Sekunden lang. Dann erzählte ich ihm, dass zwei böse Burschen in der Stadt waren, eine Hakennase namens Nazarjan und ein gewisser Gerasimow, dessen Kennzeichen im Whirlpool-Katalog zu finden seien, unter der Rubrik Kühlkombinationen.

Helena wartete schon auf dem Bürgersteig, einige Minuten vor der Zeit. Sie setzte sich neben mich in den Wagen – irgendwie graziös, fand ich –, legte die Knie nach links, damit ihre langen Beine manierlich geschlossen Platz fanden, und zog den Rocksaum herunter. Dann streichelte sie mir den Nacken und sagte: »Ciao.«

Wir waren ein paarmal miteinander ausgegangen, ins Kino und in ein Terrassencafé, sogar in eine Ausstellung über sozialistischen Realismus, obwohl ich protestiert hatte, darin hätte ich gelebt – nicht in der Galerie, sondern im Sozialismus. Schließlich war ich doch mitgegangen und hatte die Werke mit wehmütigem Genuss betrachtet.

Nachträglich hatte ich Helena erklärt, wie sehr ich mich davor gefürchtet hatte, dass einer der anderen Besucher spöttische oder höhnische Bemerkungen machen würde, ohne zu begreifen, dass ein kleines Rädchen in einer großen Maschinerie nicht die Kraft oder Fähigkeit oder Möglichkeit hat, das ganze System zu durchschauen, geschweige denn zu verändern. Ich hatte gesagt, dass in diesen Bildern, in den überlebensgroßen Arbeitern, den unendlichen Getreidefeldern und trotzigen Traktoren der Geruch und die Wirklichkeit meiner Kindheit steckten. Selbst wenn es sie nur in meinem Kopf gegeben hätte, existierte diese Realität trotzdem, hatte ich zu erklären versucht. Helena hatte mich angesehen und mir auch damals den Nacken gestreichelt.

Helena wiederum hatte mir von ihrer Arbeit erzählt. Sie ging morgens ins Labor, zog einen weißen Kittel an und begann Proben zu untersuchen. Sie starrte ins Mikroskop, teilte Kulturen und identifizierte Bakterienstämme. Von halb neun bis halb fünf schloss sie ihren Mann Antti, Exportchef einer Elektronikfirma, aus ihrem Denken aus. Antti hatte sich in eine Kollegin verliebt, eine Wohnung in der Innenstadt gemietet und Helena und den achtjährigen Pertτu verlassen. Zu Helena hatte er höflich gesagt, es liegt nicht an dir, aber versteh doch, das Leben nimmt seinen Lauf und so ist es für alle besser. Darauf hatte Helena nichts zu entgegnen gewusst. Sie hatte nicht getobt, auch nicht geweint, obwohl sie sich betrogen fühlte. Zuerst Balzgesang und ernsthafte Gelöbnisse, und dann wird einem alles weggenommen.

Abends kümmerte sie sich um Perttu, um seine Hausaufgaben, sein Fußballtraining, und stritt sich mit ihrem Mann. Sie machte die Alltagsregelungen absichtlich kompliziert, sodass jede Begegnung mit Gebrüll endete. Dann ging Antti kopfschüttelnd und in dem Gefühl, recht zu haben, und Helena wusste nicht, ob sie zufrieden oder traurig sein sollte.

Wir fuhren zum Gutshof Tuomarinkylä, saßen lange bei einem Glas Cidre, spazierten durch den Park und sahen den Reitern zu.

Ich erzählte ein wenig von Marja – so viel, dass ich mir

einreden konnte, ich sei offen, aber so wenig, dass Helena sich nicht unbehaglich fühlte.

Ausführlicher sprach ich über Sortavala, über Mutter und über meinen Bruder. Ich erzählte, dass Aleksej früher Ziehharmonika gespielt, unglaublich große Zahlen im Kopf zusammengerechnet und eine Brille getragen hatte, jetzt aber Blödsinn machte wie ein finnischer Gelegenheitsarbeiter der IT-Branche. Nicht dass ich vom Leben dieser Leute besonders viel wusste. Über meinen Bruder war ich jedenfalls verwundert und besorgt. Er schien nicht einmal mehr eine Brille zu brauchen.

Wir küssten uns. Ich streichelte Helena und sie stellte sich auf die Zehenspitzen, ließ ihren Körper an meinem entlanggleiten. Sie wimmerte leise, als ich sie an den Hüften packte und mein hartes Glied an ihren Schamhügel presste.

»Gehen wir zu mir. Perttu ist heute Nacht bei Antti.« Helena sah mir in die Augen.

Wir gingen zum Wagen und fuhren nach Oulunkylä. Helena steckte einen langen Schlüssel ins Sicherheitsschloss, ein Klicken hallte durchs Treppenhaus, dann suchte sie am Bund einen kleineren Schlüssel und öffnete das normale Schloss und die Tür.

Sie trat ein, schüttelte die Sandalen von den Füßen und warf die Schlüssel auf den Garderobentisch. Dann streifte sie Ringe und Armband ab, wie man das eben tut, wenn man nach Hause kommt.

Sie ging direkt ins Schlafzimmer und schlug die helle Tagesdecke zurück. Die Laken waren einfarbig, das Zimmer lag im Halbdunkel.

»Heiß hier«, sagte sie und zog sich aus, aber nicht wegen der Hitze. Sie schlüpfte unter die dünne Bettdecke.

Ich faltete meine Kleider halbwegs ordentlich zusammen

und legte mich neben sie. Wir lagen Haut an Haut, ich streichelte Helenas Rücken und sah ihr in die Augen.

»Weißt du was, Viktor? Ein Mann, der Stofftaschentücher benutzt, kann kein schlechter Mensch sein«, sagte sie.

Leidenschaftlich oder erregt klang das nicht, aber ich war trotzdem zufrieden.

III

Ich sah an alles Tun, das unter der Sonne geschieht, und siehe, es war alles eitel und Haschen nach Wind.

Der Prediger Salomo 1,14

ZWÖLF

Der Sommer reifte heran. Die Hitze stand, eine schlaffe Masse, die der schwache Wind nicht fortzuschieben vermochte. Die Bauarbeiten in der Eerikinkatu wurden ab Mittsommer für zwei Wochen unterbrochen. Der Zeitplan war zu knapp, um den traditionellen, den ganzen Juli dauernden Baustopp einzuhalten.

Im Vorjahr war ich zu Mittsommer mit Marja aufs Land gefahren, wir hatten getanzt und am Mittsommerfeuer gesessen. Jetzt war ich allein und freute mich insgeheim, dass auch Aleksej nicht wusste, wo er den Feiertag verbringen sollte.

Also heizten wir die Sauna, tranken Schnaps, sangen auch ein wenig. Aleksej spielte Ziehharmonika, aber die allertraurigsten Melodien, die Lieder, die Mutter uns beigebracht hatte, ließen wir aus. Aljoscha kochte überraschend gut. Trotzdem mäkelte ich aus alter Gewohnheit an ihm herum, zweifelte das Niveau der Lebensmittelhygiene an und erkundigte mich, ob der Herr Küchenchef auf Salmonellen und Hepatitis getestet worden sei. Daraufhin kostete Aljoscha laut schlürfend die Soße direkt vom Kochlöffel und schnäuzte sich mit den Fingern, die er anschließend an der Hose abwischte. Er hobelte den Käse absichtlich schief und grinste. Ziemlich oft waren wir still, allein, obwohl wir uns im selben Haus aufhielten. Am ausgelassensten ging es zu, als wir uns die Fußball-WM anschauten, auch wenn Russland bereits ausgeschieden war.

Nach Mittsommer kehrte Aleksej in das Ersatzteilgeschäft zurück, und ich stand ratlos vor der Tatsache, dass ich Urlaub hatte, denn ich war es nicht gewohnt, mich an irgendeine normierte Arbeitszeitregelung zu halten. Ich arbeitete, wann immer es nötig war.

Jetzt war es nicht nötig.

Niemand verhandelte über Lieferungen nach Russland, die russischen Ehefrauen finnischer Männer blieben brav zu Hause und brauchten nicht gesucht zu werden, und auch die Rückwanderer schienen im Moment allein zurechtzukommen, ohne Hilfe beim Ausfüllen von Formularen und beim Beantragen von Sozialleistungen.

Und da ich keine Arbeit hatte, pusselte ich herum. Ich schaltete das Bürotelefon auf mein Handy um und verlegte mein Büro nach Hause. Ich holte den Computer und das Verlängerungskabel zum Modem nach draußen, setzte mich unter den Sonnenschirm und tippte Verkaufsangebote in die Onlinebörsen. Neben Bauzubehör bot ich eine achtjährige, lammfromme Halbblutstute an, die ein Bekannter aus Estland als Ratenzahlung für eine Ladung Buntmetall bekommen hatte und in Finnland zu Geld machen wollte. Außerdem offerierte ich Moskwitsche und Wolgas und Popedas historischen Alters. Sie standen in einer Lagerhalle in Wiburg, alle Papiere in Ordnung, versicherte ich, und das waren sie ja auch, und wenn nicht, dann würden die notwendigen Papiere eben entstehen, eine lückenlose Kette von Vorbesitzern, für die richtigen Fahrgestellnummern und Typenzeichen, sodass die Mobilisten ihr Spielzeug registrieren lassen konnten.

Die Nachfrage nach diesem Schrott war erstaunlich groß.

Aber obwohl es genügend Abnehmer gab, war das Ganze ein elendes Geschäft. In allen möglichen Höfen und Schuppen musste man die Ware zusammensuchen, und obwohl sie kaum etwas kostete, war der Transport arbeitsintensiv und teuer, und für die Käufer waren Feilschen und Preisbewusstsein Teil des Vergnügens. »Mehr als dreißig zahle ich für die Lichtmaschine nicht«, beharrten sie, obwohl sie gerade diese eine, einzig richtige Sechs-Volt-Gleichstromlichtmaschine für ihren Spitzschnabelmoskwitsch brauchten, lange danach gesucht hatten. Und ich versuchte zu erklären, dass ich Händler war und mir meinen Lebensunterhalt verdienen musste, für mich waren die alten Karren kein Hobby. Allerdings besaß auch ich einen Wolga, elegant und schön und mit dem richtigen Geruch, hellblau, mit Hirschfigur am Kühler, bis auf ein paar Kleinigkeiten fertig instand gesetzt.

Von Karpow kamen, zwischen Lkw-Ladungen versteckt, einige Kisten Raubkopien, und ich verteilte die CDs an Flohmarkthändler und an einige kleine Läden, wo sie unter dem Ladentisch an vertrauenswürdige Kunden verkauft wurden. Auch der Kiosk an der Autobahn nach Porvoo war geöffnet, hatte stetigen Absatz, brachte sogar Profit, und ich lieferte Nachschub. Aber alles in allem liefen die Geschäfte ruhig.

Ich lamentierte nicht über meine Arbeitslosigkeit, sondern brachte den Garten in Schuss. Ich reparierte den Zaun, fällte alte Fliederbäume und stutzte die Büsche, kaufte einen Rasenmäher und schnitt den Rasen gleichmäßig kurz. Ich wunderte mich über mich selbst, als ich am Abend auch noch mit dem Gartenschlauch herumlief und mit dem Nachbarn über die Hitze und Trockenheit fluchte, Männer als Regenmacher.

Ich merkte plötzlich, dass ich mir ausmalte, wie schön es

wäre, wenn Marja barfuß durch den Garten ginge, in Shorts und T-Shirt. Wenn wir zusammen wären. Zu Hause.

Die Studentenwohnheime an der Antti Korpin tie waren in Plastik verpackt wie riesige Geschenkpakete. Ich parkte den Mercedes am Straßenrand und spazierte auf dem Hof herum, spähte in die Treppenhäuser und wartete dann an der Tür des einen Hauses, in dem die Renovierung schon abgeschlossen war. Studenten und Studentinnen gingen ein und aus, ich zählte die nabelfreien Tops, auf alt gemachten Trainingsjacken und schwarzen Kutten.

Ich wusste, dass ich einen Junkie auf den ersten Blick erkennen würde, denn ich hatte genug von der Sorte gesehen. Nachdem ich eine Viertelstunde an der Tür herumgelungert hatte, kam ein schmächtiger junger Mann heraus, ein wenig unruhig und fahrig. Ich saß auf der Betonbrüstung der Terrasse und musste ein paar Laufschritte machen, um ihn einzuholen. Ich klopfte dem Jungen auf die Schulter. Er drehte sich um, guckte misstrauisch und schuldbewusst, riss sich dann aber zusammen:

»Was schubst du mich? Lass mich in Ruhe!«

Er roch nach Angst. Ich sah ihm in die Augen, schwieg, verzog die Lippen zu einem schiefen Lächeln, achtete aber darauf, dass mein Blick hart und unfreundlich blieb.

»Was willst du? Bei mir gibt's nichts zu klauen«, sagte der Junge, knarzte aber vor Spannung. Er tastete nach seinen Taschen, wie um mir zu beweisen, dass er kein Geld hatte. Ich hob warnend die Hand, wie ein Magier ließ ich den Jungen erstarren, schrumpfte das Kind.

»Schaukel nicht rum. Tu gar nichts. Lass die Hände da, wo ich sie sehen kann«, sagte ich, ohne ihm zu verraten, was ich dachte: dass er in der Tasche womöglich eine schmutzige

Nadel hatte mit einer vitalen Kultur von Hepatitis A, B und C, HI-Viren und Milbeninfektionen, so weit das Alphabet reicht. Ich verbarg meine Furcht, um ihm keine Macht zu geben.

»Gehen wir in den Keller.« Ich hielt ihm die Tür auf, aber nicht aus Höflichkeit.

Wir gingen die Treppe hinunter. Vom Kellerflur führten Türen zum Netzverteilerraum, zur Waschküche und zur Sauna. Der Betonboden war sauber und glatt, kürzlich gestrichen. Ich öffnete die Tür zum Umkleideraum der Sauna. Er war leer und roch leicht nach Shampoo und langsam verdunstender Feuchtigkeit. Ich schnüffelte, horchte auf die Lüftung und überlegte, wie fachmännisch die Renovierung wohl ausgeführt worden war. Die Beine der Bänke hatten schon jetzt schwarze Flecken, und auch das untere Ende der Wandvertäfelung hatte sich dunkel gefärbt.

Ich befahl dem Jungen, sich auf die Bank zu setzen, und erklärte ihm, dass er mir etwas schuldete. Nichts weiter als ein paar Informationen und Erläuterungen, fügte ich hinzu, bevor er protestieren konnte. Ich weiß, ich weiß, wir sind uns nie begegnet, sagte ich, und würden uns hoffentlich auch nie wiedersehen – sofern er begreife, was das Beste für ihn selbst und seine Angehörigen und seine ungeborenen Kinder sei. Ich präsentierte mich als das Gegenteil eines Strahlemanns und ermahnte ihn, negativ zu denken, sich alles auszumalen, was Schmerz und Qual verursacht.

»Ich bin kein böser Polizist und kein barmherziger Engel und auch kein Exjunkie, der verirrte Schäflein zu Jesus führen will«, verstieg ich mich zu allegorischen Erklärungen und leerte den Frageautomaten des Jungen, bevor er seine Münze einwerfen konnte. »Stell dir meinetwegen vor, dass ich ein Schuldeneintreiber bin. Und du hast Glück, du kannst deine Schulden schon im Voraus begleichen. Mein famoses Bankkonzept: Schulden, von denen du nichts wusstest, die ich aber eintreiben kann.«

Ich brauchte nicht lange zu fragen, brauchte den Jungen nicht anzurühren, zu würgen, schütteln oder schlagen. Er erzählte alles, was ich von ihm erfahren wollte, die Namen einiger kleiner Fische und zwei Adressen. Die eine nannte er, indem er mit dem Finger nach oben zeigte und eine Wohnungsnummer flüsterte.

Ich klingelte und schob den Jungen vor die Tür, während ich selbst auf der Scharnierseite wartete. »Schon wieder hier, Juba? Das ging aber schnell«, sagte die Person, die die Tür öffnete. Die Stimme gehörte einer Frau. Ich trat vor, sagte Danke und Auf Wiedersehen zu dem Jungen und betrat die Wohnung, zog die Tür hinter mir zu und sagte, sorry, die Schuhe ziehe ich nicht aus.

Die Frau, oder das Mädchen, zog sich aus dem Flur ins Wohnzimmer zurück. An der Wand stand ein altes Ledersofa. Auf dem Fußboden lagen ein gerade aus dem Karton und dem formgepressten Styropor geschälter Heimkinoverstärker und ein Haufen kleine Lautsprecher. Fernseher und Video standen auf einem schwarzen, kastenförmigen Tisch, und auf der Fensterbank hielt ein großer verstaubter Kaktus Wache. Die Wohnung wirkte leer und provisorisch, aber nicht unsauber.

Die Haare der Frau waren asymmetrisch geschnitten und verwuschelt. An den Wurzeln wuchsen sie dunkel nach. Wenn die Frau als Blondine durchgehen wollte, musste sie dringend zum Friseur. Aber vielleicht lag ihr ja gerade daran, als blondierte Brünette zu erscheinen. Sie stand leicht x-beinig vor mir, schob die Hand unsicher in die Potasche ihrer Jeans und versuchte, Klarheit darüber zu gewinnen, wer ich war. Sie war ein bisschen mollig, ihre Hose endete unter dem Nabel, und das Hemd begann in der Mitte ihres runden Bauchs. Die Brüste wölbten sich, der Ausschnitt ließ die Spalte zwischen ihnen frei. Ich wartete. Die Frau entpuppte sich tatsächlich als Mädchen, sie trat von einem Bein aufs andere und nickte und machte ein Schmollmündchen. In der Nasenwand trug sie einen Schmuckstecker.

»Na ja, ciao und so, was diggst du denn?«, bemühte sich das Mädchen, normal zu wirken, und pustete sich die Ponyhaare aus den Augen. Ich gab ihr Gelegenheit, ihre Unruhe zu mästen, öffnete die Schlafzimmertür und spähte ins Bad. Außer uns war niemand in der Wohnung.

»Du bist in Scheißgeschäfte verwickelt, das steht mal fest. Die interessieren mich nicht weiter, aber du wirst mir ein paar Dinge erzählen. Woher kriegst du deinen Stoff? Ich meine das bisschen, das du dir zum eigenen Gebrauch besorgst und von dem du gelegentlich Freunden was abgibst, natürlich ohne Profit«, nahm ich ihre Ausrede vorweg, bevor sie sie in Worte kleiden konnte.

»Und falls du Krimiserien im Fernsehen gesehen hast, denk nicht, dass ich einen Rekorder in der Arschspalte und ein Mikrofon hinterm Ohr versteckt hab oder dass du einen Anwalt willst oder solchen Scheiß. Ich bin ein netter und zuverlässiger Mann, so eine richtig solide Vaterfigur, und du sagst mir jetzt, was ich wissen will, und vergisst dann die ganze Geschichte, vielleicht fährst du zu Mami nach Toijala oder in irgendein Kuhdorf, wo deine Eltern stolz erzählen, dass ihre Irmeli schon im fünften Semester an der Uni studiert.«

»An der Handelshochschule«, zirpte das Mädchen, erschrak aber, als ich zischte und müde den Kopf schüttelte.

»Ich kenn ihn nicht«, gab sie sich einen Ruck und erschrak wieder, weil der Satz sogar in ihren eigenen Ohren wie eine Ausrede klang. »Ehrlich nicht. Aber die kennen mich. Sie haben eine E-Mail-Adresse, die ist vierundzwanzig Stunden in Bereitschaft, also immer. Wenn man da eine Bestellung hinschickt, zum Beispiel für zweihundert Euro, kommt kurz darauf jemand mit einem Scooter, einen Helm auf dem Kopf. Wie beim Pizza-Service, nur gibt's keine Bonus-Coupons, man zahlt bar. Na ja, ich hab auch schon mal was auf Kredit gekriegt, aber das versuch ich unter Kontrolle zu halten.«

Da ich nicht gleich antwortete, beteuerte sie noch einmal: »Ich kenn ihn nur unter diesem Mail-Namen. Oder sie. Ich weiß nicht, ob es einer ist oder tausend. Alauda at luukku dot com.«

DREIZEHN

Das Telefon klingelte. »Juho Takala hier, guten Tag.«

Ich musste eine Weile überlegen, dann fiel der Groschen und ich erkundigte mich fröhlich, was es Neues gab.

»Ich bin in Helsinki. Nicht zum Vergnügen. Im Krankenhaus. Zu Hause habe ich nicht groß darüber geredet. Vielleicht könntest du mich abholen. Wir haben Zeit für einen Kaffee, mein Zug fährt erst abends.«

Ich versprach, Juho von der Klinik abzuholen, und fragte nicht nach der Diagnose. Er hätte sie mir ohnehin nicht unbedingt verraten. Marjas Großvater wusste, was er tat und sagte, und entschied selbst über seine Angelegenheiten.

Ich war im vorigen Sommer in Marjas Elternhaus gewesen, und auch im Winter noch ein paarmal. Marjas Eltern waren in meinen Augen erstaunlich jung, um die fünfzig, und obendrein ausgesprochen frisch für ihr Alter. Und ich kam mir an der Seite ihrer Tochter ziemlich mittelaltrig vor. Marjas Eltern hatten einen gut organisierten Milchhof, die Mutter arbeitete außerdem als Lohnbuchhalterin bei der Kommunalbehörde.

Marjas jüngere Brüder frisierten ihre Mopeds, fuhren nach dem Dreschen über das Stoppelfeld und im Winter über den zugefrorenen See, zogen ihre große Schwester auf, akzeptierten mich aber ohne Zögern. Und ich hätte auch nicht ernsthaft behaupten können, dass Esko und Raija, Marjas

Eltern, mich hochnäsig oder abweisend behandelten. Ich hatte mir deshalb Sorgen gemacht, vor dem ersten Besuch gefragt, wie ich mich verhalten, worüber ich sprechen und ob ich irgendwelche Themen vermeiden sollte, aber Marja hatte gemeint, ich solle einfach ich selbst sein. Es spielt keine Rolle, was sie von dir halten, hatte sie gesagt, und ich hatte gequengelt, es spiele sehr wohl eine Rolle, für mich jedenfalls. Und ich war ein wenig verbittert gewesen, als Marja vom Esstisch aufstand, um irgendetwas zu erledigen, und mich mit ihren Eltern allein ließ oder beim Kaffee schwieg und es mir überließ, die Gesprächspausen zu füllen. Ab und zu lächelte sie verstohlen, keine Panik, großer Mann, du hast schon Schlimmeres durchgemacht, oder hast du nur geflunkert?

Und dann war da noch Juho. Der Großvater oder Opapa, wie Marja ihn nannte. Er nahm mich sofort ins Gebet, ließ mich in seiner Witwerkammer Platz nehmen und fragte mich aus. Gleich zu Beginn stellte er seine Haltung zum Osten klar und erläuterte mir auch deren Basis: fünf Jahre an der Front, wo er den Kugeln und Granatsplittern der Russen ausweichen musste.

Er erkundigte sich nach meiner Abstammung, und ich erzählte ihm, dass einer meiner Großväter im selben Krieg gekämpft hatte, allerdings auf der Gegenseite, und als Kundschafter eingesetzt worden war, weil er Finnisch sprach. Meines Wissens hätte er keine Frauen und Kinder getötet, aber garantieren könne ich das nicht, es war eben Krieg damals. Ich erzählte, dass mein Großvater auch die Säuberungen überlebt, seinen Offiziersrang allerdings verloren hatte. Er hatte sich sein Kastenbrot und seinen Kohl und seine Kartoffeln in der Tischlerei Helylä verdient, die vor dem Krieg Pulte und sonstige Möbel für die finnischen Schulen und nach dem Krieg Skier für die sowjetkarelischen Skiläufer hergestellt hatte.

Ich erzählte, dass ich meinen Großvater nie gesehen hatte. Er war lange vor meiner Geburt gestorben, und auch mein Vater war gestorben, als ich noch ein kleiner Junge war. Ich war stolz auf Vater und seine Uniform gewesen, hatte bei den Paraden zugesehen, wenn Vater als Chef der Panzerkompanie mit Signalflaggen seinen Panzern präzise Befehle gab, und hatte im Publikum einen Stock mit einem kleinen, purpurroten Stofffetzen geschwenkt.

Ich führte aus, dass der Vater meiner Mutter schon vor dem Krieg gestorben war und dass Mutter mit Großmutter im belagerten Leningrad gelebt hatte, worüber sie nie sprach. Ich erzählte Juho, dass wir zu Hause Finnisch gesprochen hatten, aber nur im Familienkreis. Mein Vater hielt an seiner Überzeugung fest, so oft meine Mutter auch sagte, schau dir doch an, wie unser Volk behandelt wird. Verwandte wurden nach Workuta und Kasachstan und in wer weiß welche Steppen verschickt, und auch Vater wurde nicht so zügig befördert, wie er es nach Mutters Ansicht verdient gehabt hätte. Diese Gespräche wagte ich kaum anzuhören, und mir schien, dass die Deckenlampe in unserer Stube noch schwächer leuchtete, wenn Mutter schwatzte und Vater grollte.

Juho nahm mich mit zur Arbeit, wollte seine Kraft demonstrieren, der große alte Mann. Wir hoben den Amboss und dann holte Juho die Waage aus dem Haus, maß die Kraft seiner Finger und drückte gut dreißig Kilo. Esko schaffte fünfzig und ich über siebzig, ich sagte nichts dazu, sondern machte mit den Düngersäcken weiter, wuchtete immer zwei auf einmal vom Anhänger und trug sie im Laufschritt in die Scheune.

Auch schießen musste ich. Ich sah, dass Marja am Fenster

stand, als ihr Großvater sein Elchgewehr holte, ein umgebautes Militärgewehr. Ich richtete die Waffe auf der Stütze sorgfältig aus und schoss dann fünfmal auf die Zielscheibe an der Scheunenwand, traf fünfmal ins Schwarze, sodass in der Mitte ein einziges Loch zurückblieb, die Streuung so klein, dass Juho und Esko es gar nicht fassen konnten. Ich sagte mit leisem Stolz, der Schaft sei für einen Linkshänder ungünstig, aber das Gewehr mache einen zuverlässigen Eindruck.

Und nun saß Juho neben mir im Mercedes, versank fast in seinem dunklen Anzug.

»Na, was hast du?«, fragte ich ohne Umschweife.

»Krebs. Im Darm. Das haben sie mir schon auf dem Land gesagt, aber ich habe darauf bestanden, in Helsinki noch einmal untersucht zu werden. Jetzt ist es sicher«, erwiderte Juho, als ob er über das Wetter spräche.

Es war noch reichlich Zeit bis zur Abfahrt seines Zuges. Ich sagte, ich würde ihm gern meine Hütte zeigen, und fuhr nach Hause. Juho hockte neben mir, den Sicherheitsgurt hoch am Hals wie ein Kind.

»Jetzt hast du ja eine anständige Karre«, lobte er. Dann kam er auf das zurück, worum seine Gedanken kreisten. »Meine Kräfte wurden immer weniger, weißt du, jede Kleinigkeit hat mich angestrengt. Und dann habe ich gemerkt, dass ich Blut im Stuhl hatte. Sie schneiden mir meterweise Darm raus. Und dann krieg ich wohl einen Beutel an die Seite.«

Auf dem Hof hatte er Gelegenheit, von etwas anderem zu sprechen, atmete auf und lobte mein Haus, ein guter Steinsockel und starke Balken, meinte er. Wenn man die Fenster reparierte und ein bisschen isolierte, hätte ich eine richtig gute Wohnung mit gesundem Luftaustausch, der Schimmel würde nicht in die Nase steigen und die Bronchitis nicht in die Lunge. Ich kochte Kaffee, schnitt einen Hefezopf auf und trug Tassen, Milch und Zucker auf den Gartentisch.

»Vor dem Tod habe ich keine Angst. Vor dem habe ich mich als junger Mann gefürchtet, als ich im Schützengraben lag und mir die Kugeln um die Ohren pfiffen und ich dachte, bitte, jetzt noch nicht«, kam Juho auf das zurück, was ihn bedrückte. »Aber der Schmerz und die Plagen und dass man anderen zur Last fällt. Und dazu die Trauer und das Jammern und das Mitleid der anderen. Wie wird man damit fertig?«

Er sah mir in die Augen und fuhr fort: »Ich dachte ... ob du es Marja erzählen könntest? Sie war immer Opas Liebling. Und wenn du dich auch sonst ...« Das Klingeln meines Handys unterbrach ihn. Auf dem Display stand *Helena.*

»Hallo, ich kann jetzt nicht sprechen, ich ruf dich später an«, sagte ich und fühlte mich beschissen.

VIERZEHN

Ich klingelte bei Aleksej. Der Türspion verdunkelte sich, und ich wusste, dass er hinter der Tür stand.

»Klopf, klopf, wer ist da?«, ahmte er ein Kinderbuch aus Sowjetzeiten nach.

»Postillon Petschkin, ich bringe euch den Brummer.« Die Antwort war mir geläufig.

Aleksej öffnete, eine Bierflasche in der Hand, schlurfte zurück ins Wohnzimmer und ließ sich auf das Sofa fallen. Der Fernseher lief. Auf dem Bildschirm bearbeitete ein dunkelhaariger Mann eine blonde Frau von hinten, der Mann hatte ein kleines Bäuchlein, die Frau Strumpfbänder und hochhackige Schuhe. Aleksej stellte den Ton leiser, suchte dann die zweite Fernbedienung, stoppte das Video und schaltete den Fernseher aus.

»Aha, ein Handarbeitsprogramm«, grinste ich.

»So was hat Ostankino früher nicht ausgestrahlt«, sagte Aljoscha. »Du siehst schon wieder aus, als wolltest du mir eine Moralpredigt halten, kleiner Bruder. Alle meine Kollegen haben solche Kassetten.« Es klang fast, als wolle er sich verteidigen.

»Von mir aus kannst du dir angucken, was du willst, meinetwegen sogar die Teletubbies. Aber falls du dich von deinem Zeitvertreib losreißen kannst, würde ich dich gern als Helfer mitnehmen«, sagte ich. Aleksej trank sein Bier aus und brachte die Flasche in die Küche. Im Flur lehnte er sich an die Wand, schüttelte den Pantoffel erst vom einen, dann vom anderen Fuß und stieg in die Schuhe, ohne sie aufzubinden und ohne Schuhlöffel.

»Dann mal los«, erklärte er sich aufbruchsbereit.

Ich rief während der Fahrt an und teilte mit, dass wir auf dem Weg waren. Der Chef der Verkaufsstelle erwartete uns an der Laderampe. Ich manövrierte den Kleintransporter im Rückwärtsgang an die günstigste Stelle.

»Grüß dich. Das ist mein Bruder Aleksej«, übernahm ich die Vorstellung.

»Huttunen.« Der Ladenchef schüttelte Aleksej die Hand. Er hatte die Stirnhaare senkrecht nach oben gegelt und trug das Hemd des Haushaltsgeräteladens mit den aufgestickten Logos verschiedener Hersteller. An der Brusttasche steckte ein Namensschild.

»Die hier?«, fragte ich und deutete mit dem Kopf auf die Kühlschränke und Kochherde, die auf der Laderampe standen.

»Ja, die. Voll betriebsfähig. Wir haben sie alle ausprobiert.« Huttunen öffnete die Kühlschranktüren und drehte an den Schaltern für die Kochplatten. »Bloß den Stecker in die Dose und schon kannst du dein Bier kalt stellen und den Kuchen in den Ofen schieben.«

Aleksej und ich luden die Geräte ein. Eine große, alte Gefriertruhe ließ ich stehen, weil der Platz nicht reichte.

»Hier ist eine Kleinigkeit für dich und die Jungs«, sagte ich und reichte dem Ladenchef eine Plastiktüte, die einige Flaschen Wodka und zwei Stangen Zigaretten enthielt. »Ich ruf dich an«, versprach ich.

Der Ladenchef winkte zum Abschied. Ich fuhr an und sah im Rückspiegel, dass er mit der Tüte zu seinem Wagen ging und den Kofferraum aufschloss. Als ich in die Straße einbog, wechselte das Bild im Spiegel, ich warf einen Blick über die Schulter und sah, dass der Mann bereits die Stahltreppe zur Laderampe hochrannte, immer drei Stufen auf einmal.

»Teufel auch, behält er etwa den ganzen Kram für sich?«, murmelte ich. Dann wandte ich mich an Aleksej. »Das ist ein kleines Business, das eigentlich du übernehmen könntest. Schau, die Leute kaufen einen neuen Kühlschrank oder Herd und bringen den alten ins Geschäft. Sie zahlen dafür eine Entsorgungsgebühr. Na ja, wir holen die Sachen ab, geben den Jungs eine kleine Entschädigung für ihre Mühe und bringen das Zeug nach Karelien. Es sind gute Geräte, nur einige muss man ein wenig reparieren. Alle profitieren davon. Der Kunde wird seine alten Geräte los, das Geschäft kassiert die Gebühr und spart die Kosten für die Verschrottung, die Jungs im Laden kriegen ein bisschen Schnaps und Zigaretten. Und die Leute jenseits der Grenze kommen billig an halbwegs funktionierende Herde und Kühlschränke.«

»Soll mir recht sein«, sagte Aleksej. Er klang zufrieden.

»Die Einnahmen sind nicht hoch, aber dafür sind auch die Kosten minimal«, fasste ich noch einmal zusammen. »Ein gutes, sicheres Geschäft mit ein paar vertrauenswürdigen Läden.«

FÜNFZEHN

Der Anrufer stellte sich als Anwalt vor, betete die Kette der Familiennamen seiner Kanzlei herunter und hauchte zum Schluss, wie in Klammern gesetzt, seinen eigenen Namen: Lepistö. Er wollte mir nicht sagen, worum es ging, bestand aber auf einem Treffen. Ich nannte ihm eine Uhrzeit und fuhr in mein Büro.

Lepistö kam pünktlich, parkte seinen grauen Audi an der Bordsteinkante und suchte den Parkscheinautomaten. Dann kam er mit seiner Aktentasche ins Büro, ein rotwangiger junger Mann in grauem Anzug, kariertem Hemd und gestreifter Krawatte.

»Ja?«, fragte ich, als er seine Vorstellungslitanei wiederholt hatte. Er stand unschlüssig da, fasste sich dann ein Herz und setzte sich, obwohl ich ihm keinen Stuhl angeboten hatte.

»Tja, also …« Lepistö räusperte sich. »Unsere Kanzlei vertritt einen Mandanten im sogenannten Dopingfall des Skiverbandes.«

Ich fragte nicht, was an dem Fall *sogenannt* sein sollte, hob die Augenbrauen und wartete, aber Lepistö wollte offenbar noch nicht weiterreden. Ich wiederholte seine letzten Worte: »Im Dopingfall des Skiverbandes also?«

Der Anwalt – eher ein Paragrafenbubi, dachte ich – wartete offenbar auf Hilfe, fasste dann aber Mut: »Unser Mandant ist ein in Mittelfinnland tätiger Trainer, Sie kennen ihn. Er ist in dieser Sache vernommen worden, weil der Skiverband ihn konsultiert hatte. Und nun möchten wir gewissermaßen koordinieren ...«

»Pawel will also wissen, was ich ausgesagt habe. Oder er bittet mich darum, nichts zu sagen. Oder aber die Schuld auf mich zu nehmen«, fiel ich ihm ins Wort. Die roten Flecken auf Lepistös Wangen leuchteten wie Warnlampen. »Zum Teufel noch mal! Weil der Kerl Mist gebaut hat, steck ich in der Scheiße. Sie müssen Pawel erzählen, dass eins von seinen Papieren, eine harmlose, beschissene pharmakologische Anweisung, in meinem Ordner gefunden wurde. Und es ist hundertprozentig sicher, dass ich das nicht auf meine Kappe nehme. Ich habe keine andere Wahl, als mich daran zu erinnern, dass der Plan von Pawel stammt. Sagen Sie ihm das!«

Lepistö hielt sein Aktenköfferchen im Schoß wie einen Schild, der ihn vor Schlägen ins Zwerchfell und in den Unterleib schützen sollte. Ich hämmerte weiter: »Richten Sie Pawel aus, er soll seine medizinische Großhandelstätigkeit selbst erklären, statt mich mit hineinzuziehen. Mir genügt die simple Wahrheit. Und machen Sie ihn darauf aufmerksam, dass ich nicht vergessen werde, was er getan hat, wenn er das Falsche tut – und genauso wenig, wenn er das Richtige tut. Richten Sie ihm das wortwörtlich aus.«

»Ja gut, ich habe verstanden. Ich richte es ihm aus. Und ich möchte betonen, dass mein Mandant keinerlei Forderungen erhoben hat. Das will ich eigens unterstreichen«, nickte Lepistö, nahm seinen Koffer und machte Anstalten zu gehen. An der Tür drehte er sich um und gab mir die Hand. »Danke und auf Wiedersehen.«

»Nichts für ungut«, erwiderte ich.

Ich sah Lepistö in die Augen, er zuckte zusammen und ging.

SECHZEHN

Marja schrieb selten, berichtete von banalen Ereignissen, zählte Namen von Kommilitonen auf und verabschiedete sich immer *mit Warme* oder *mit einer Umarmung.* In meinen Antworten maulte ich, ob ich denn so unbedeutend oder harmlos sei, dass sie mir weiter nichts zu sagen hätte. Ich packte Sehnsucht und Glut in meine Mails. Gleichzeitig fürchtete ich, Marja mit meinen Quengeleien abzustoßen, ihr den Eindruck zu vermitteln, ich wäre ein Nörgler und Jammerlappen. Bisher hatte ich es noch nicht über mich gebracht, ihr von Juhos Krankheit zu berichten.

Korhonens elektronische Korrespondenz landete in meiner Mailbox wie Pakete aus dem Versandhaus. Er schickte Witze und Karikaturen aus dem Internet an Freunde, vereinbarte Tennisstunden und erkundigte sich nach Fußballspielen für Seniorenmannschaften. Tuulia meldete sich nicht, doch dafür erhielt ich eine Nachricht, die Korhonen ihr geschickt hatte.

Tula tullan tuli tuli tei,

liebste Tuulia. Ich habe oft an Deinen Aufenthalt hier gedacht. Ich habe mich mit Wehmut, Sehnsucht und Qual an Dich erinnert. Was für ein Gefühl es war, als alles an seinem Platz war, oder besser gesagt, als alles Schlechte verschwunden war. Vielleicht ist das eine Illusion und außer-

dem falsch, sagst Du, und vielleicht hast Du recht. Die Liebe darf doch keine Droge sein, keine Sucht, Vernebelung und Flucht. Ich weiß, dass Du das sagen würdest, denn ich kenne Dich gut. Du brauchst es mir also nicht zu schreiben!
Ich will ehrlich mit Dir sein, wenigstens versuche ich es, und deshalb gestehe ich, dass ich auch Schuld empfinde, Trauer wegen meiner Schwäche. An dieser Stelle analysierst Du natürlich meine Angst und sagst, dass dahinter das Über-Ich steckt, kulturelle Verhaltensnormen, und dass auch Gott und der Glaube nichts anderes sind als auswendig gelernte Dinge. Aber Du kannst nicht bestreiten, dass sie in meinem Kopf wirklich sind. Das kann niemand. Ich habe es versucht, aber ich kann sie nicht verleugnen.
Auch meine Liebe zu Dir kann ich nicht verleugnen oder einfach auslöschen.
Ich habe auch darüber nachgedacht, was fleischlich und was etwas Höheres ist und ob es diesen Unterschied überhaupt gibt. Der Mensch ist ein Tier und der Mann wird von seinen Trieben gelenkt, die Frau natürlich auch, aber auch die Triebe hat ja Gott geschaffen, nicht der Teufel. Das glaube ich oder rede es mir ein.
Na ja, von all dem wirst Du nicht viel klüger, aber Du weißt, dass ich die ganze Zeit an Dich denke und völlig durcheinander bin. In meinem Kopf macht es unaufhörlich dong, dong … Was soll ich tun? Warten, bis Du uns in die eine oder andere Richtung stößt?
Unbegreiflich, dass Du mich lieben kannst.

In Liebe, T.

PS: Ja, ja, ich pass auf mich auf. Obwohl ich mich vor keiner Gefahr fürchte.

Ich überlegte, ob die Frau Korhonen Teppo oder Terho nannte oder nur T. Oder vielleicht Big T, woran erinnerte mich das? Und ich fragte mich, ob meine eigenen Mails an Marja einem heimlichen Leser ebenso leidenschaftlich erscheinen würden. Oder ebenso kindisch und überromantisch?

SIEBZEHN

Die Baustelle in der Eerikinkatu erwachte wieder zum Leben. Die Betonmischer drehten sich knirschend und spuckten getrocknete Brocken aus, die automatischen Sicherungen in den Kraftzentralen knallten beim plötzlichen Anstieg des Amperebedarfs durch und die Druckluftrohre pfiffen, doch allmählich regte sich der Organismus wie ein wiederbelebter oder von den Toten auferstandener Mensch.

Für die Estricharbeiten war ein neues Team angetreten, sechs stille Männer. Ich hörte, dass sie untereinander Estnisch redeten, zog sie aber nicht ins Gespräch. Nach der Mittagspause kam der verantwortliche Meister und begutachtete unsere Arbeit. Wir bossierten gerade Fugen für die Berohrung in die Zwischenböden im zweiten Stock und weiter oben setzte Antti Kiuru mit Lesonen und Jefimoff Zwischenwände, halb fertige Elemente, in die Metallrahmen ein. Der Meister, ein großer, ruhiger Mann, tapste eine Weile auf und ab und räusperte sich verlegen, bevor er sagte: »Hmm, tja, da kommt wohl gleich eine Inspektion, also, von der Gewerkschaft und vom Arbeitsschutz und so, na ja, die wollen sicher die Arbeitsgenehmigungen sehen.«

Ich streckte den Rücken durch und sah den Meister an.

»Bei uns ist alles in Ordnung«, sagte ich.

»Sicher, sicher, so war das nicht gemeint«, versicherte der Meister hastig, hüstelte wieder ohne Grund, bis er fähig war, weiterzureden: »Koponen bringt gleich eine Fuhre Sanierungsmörtel und die Kacheln. Also, sobald die Klempner und Elektriker im Obergeschoss fertig sind, können wir da anfangen. Also, wenn Koponen kommt, laden wir die Sachen aus. Also, ja. Also, es geht voran, ja.«

Er eilte davon. Während der Mittagspause war reichlich Platz in der Baracke. Die Estrichleute ließen sich nicht blicken. Die Inspekteure kamen und schienen schon im Voraus zu wissen, dass sie keine Schwarzarbeiter finden würden.

»Ziemlich wenig Männer für ein so großes Projekt«, spöttelte der Gewerkschaftsvertreter, ein Mann in den Fünfzigern, der seine Muskeln hatte verkümmern lassen. Man sah ihm an, dass er nicht mehr auf Gerüste zu klettern brauchte.

»Das ist nicht meine Sache, also, hmm, hier arbeiten meine Männer und Kärppäs Leute. Die hab ich hier eingesetzt«, erklärte der Meister ungerührt.

Der Inspekteur spazierte zu mir herüber und betrachtete mich über den Rand seiner Brille hinweg.

»Aha, das ist also der berühmte Bauunternehmer Kärppä, der an jedem Finger eine Firma hat. Und an den Zehen womöglich auch.«

»Haben Sie ein echtes Anliegen oder fragen Sie nur aus physiotherapeutischem Interesse? Meine Firmen stehen alle im Handelsregister, gucken Sie ruhig nach. Hier sind alle meine Leute und bei allen sind die Papiere in Ordnung«, versicherte ich.

»Stimmt. Hier«, erwiderte der Gewerkschaftsmann spitz, er wollte unbedingt zeigen, dass er nicht dumm war.

Er nahm einen Hammer, balancierte ihn auf der Handfläche, kramte dann eine Schraube aus der Schachtel und schlug sie mit dem Hammer in eine Gipsplatte.

»Weißt du, was das ist? Ein russischer Schraubenzieher«,

lachte er. Dann legte er los: »Es sind merkwürdige Geschichten im Umlauf, über unglaublich billige Arbeiter, die für zwei Wochen herkommen und kein Wort reden, dafür Tag und Nacht schuften. Ein Kleintransporter holt und bringt sie, und ein Finne, oder jedenfalls ein Mann, der Finnisch spricht, erklärt ihnen, was sie zu tun haben. Und weder das Finanzamt noch die Gewerkschaft, die Pensionskasse oder irgendeine andere Instanz des organisierten westlichen Rechtsstaats weiß von ihnen. Was mir so alles zu Ohren kommt!«

Der Mann warf den Hammer hin und schickte sich an, zu gehen.

»Spitz nur ruhig die Ohren! Gegen Ohrenschmalz nimmst du am besten Stahlwolle. Oder puste Druckluft durch, dann hörst du noch besser«, rief ich ihm nach. »Die Cyprox-Platte ist hinüber, die musst du mir ersetzen.«

»Ein bisschen Spachtel drauf und Lack drüber, dann taugt sie schon«, lachte der Inspekteur und ging.

Meine Leute hatten untätig dagestanden und zugehört. Nun gingen sie wieder an ihre Arbeit. Um sie machte ich mir keine Sorgen. Sie würden nicht reden, obwohl ihre Kollegen mitunter alle zwei Wochen wechselten.

Auf dieser Baustelle arbeiteten wir wie die eigenen Leute des Bauunternehmers, zum Stundentarif, manchmal mit Bonus, wenn ein Arbeitsabschnitt besonders schnell fertig werden musste. Bei meinen eigenen Bauaufträgen, vor allem bei Eigenheimen und Renovierungen, sah es anders aus. Ich berechnete die Kosten beispielsweise für zehn Bauarbeiter mit allen Sozialabgaben, Rentenbeiträgen und Versicherungen, dann machte ich mein Angebot ein Drittel billiger und führte den Auftrag schließlich mit fünf legalen Männern und fünf Schwarzarbeitern aus. Die Jungs kamen aus Russisch-

Karelien, aus Wiburg, Käkisalmi oder Sortavala, mit einem Touristenvisum für einen Monat oder als Beerenpflücker getarnt. Sie taten ihre Arbeit, wohnten in meiner Halle oder auf der Baustelle. Bei Renovierungen konnte man oft ein Zimmer bis zum Schluss aufsparen, dann legte ich dort Matratzen aus, stellte Kühlschrank und Kochplatte hin, mehr war nicht nötig. Ich zahlte zehn oder fünfzehn, manchmal sogar zwanzig Euro pro Stunde, und zwar brutto gleich netto, bar auf die Hand. Der Kunde bekam seine Renovierung billig, ich verdiente mir die Wurst aufs Brot und die Jungs bekamen genug Geld, um zu Hause wieder eine Weile anständig leben zu können.

Mir war klar, dass ich dem Staat und diversen Kassen ihren Obulus vorenthielt, doch das war in meinen Augen kein ungeheuerliches Verbrechen. Allerdings würde ich auch bei dieser grenzüberschreitenden Zusammenarbeit künftig noch vorsichtiger sein müssen. Und es wäre besser gewesen, den Inspekteur nicht anzupflaumen, dachte ich reuig.

ACHTZEHN

»Tschieß, bitte lächeln«, sagte Aleksej und zielte mit dem Handy auf mich.

»Bitte sag, dass du dir das geliehen hast«, bat ich und wusste bereits, dass ich vergeblich hoffte.

»Der Federfuchser meckert schon wieder.« Aleksej verzog die Lippen zu einem schmalen Strich und spielte den Beleidigten. Er verhöhnte mich mit dem Spitznamen, mit dem er mich als Kind gehänselt hatte, wenn ich für Klassenarbeiten büffelte oder meine Hausaufgaben sorgfältig mit Holzbuntstiften ausmalte.

»Von wegen Federfuchser! Du warst doch der Streber, du hast in der Schule viel besser abgeschnitten als ich«, protestierte ich.

Mein Bruder war in die Gruppe der mathematisch begabten Schüler aufgenommen und nach Petrozawodsk in eine Spezialklasse geschickt worden, später dann nach Leningrad, er war nur noch selten nach Hause gekommen, war groß und fremd geworden, ein Großstädter mit Brille und Ledertasche. Ich erinnerte mich an die präzise einschnappenden Metallschlösser seiner Tasche, an den Tiergeruch des dicken braunen Leders. Ich hatte neben Aleksej auf der Stubenbank gesessen, die Schlösser einschnappen lassen und zugeschaut, wie mein Bruder seinen Rechenstab betätigte und Sinuskurven und Tangenten in sein Heft eintrug.

»Ja, aber du warst damals ein Federfuchser und bist es immer noch«, versetzte Aleksej. »Ich war bloß eine Naturbegabung. Und ich verstehe ja auch, dass du als kleiner Bruder versuchen musstest, dich zu behaupten, egal wie. Jeder muss seine speziellen Talente nutzen und bei dir waren das eben eher die physischen Eigenschaften. Das meine ich keineswegs abschätzig, Skilaufen ist ja auch wichtig.«

»Weich mir nicht aus«, versuchte ich zurückzuschlagen. »Du hast dir ein Kamerahandy gekauft. Was hattest du denn an dem alten Nokia auszusetzen?«

»Na, bei dem sind die Sprecheigenschaften wirklich miserabel«, sagte Aleksej, als ob das allgemein bekannt oder von der *Welt der Technik* festgestellt worden wäre. »Das hier hab ich günstig bekommen. Außerdem kann ich jetzt Fotos machen und sie gleich an Irina mailen.«

Mir fiel auf, dass Aleksej zum ersten Mal seit langer Zeit von seiner Frau sprach, die in Moskau geblieben war.

Gleich nach seiner Ankunft hatte ich ihn nach Irina und nach ihrem gemeinsamen Sohn Sergej gefragt. Mein Bruder hatte achselzuckend gesagt, die beiden kämen schon zurecht. Irina arbeitete als angewandte Mathematikerin bei einem Ölkonzern, leitete eine große Rechnungsabteilung und pflegte zu Hause ihren alten Vater, und Sergej hatte seine Ingenieursausbildung abgeschlossen, kodierte Programme, verbrachte die Nächte am Computer und trank Coca-Cola.

»Mein Schwiegervater zieht nach Rjazan, zu Irinas älterem Bruder. Da lebt ja ihre ganze Verwandtschaft. Und Irina kommt im Herbst hierher, zu mir. Serjoscha will in Moskau bleiben. Den interessiert Finnland nicht«, berichtete Aleksej ein wenig verlegen. »Irina und ich sind immerhin schon fünfundzwanzig Jahre zusammen. Ich hatte genug von ihrem Geschnatter. Na ja, jetzt ist es mir aber doch zu still. Es tut einem Menschen nicht gut, allein zu sein.«

Ich sagte nicht, dass ich das wusste.

Auf dem Bildschirm erschienen verblüffend exakte Namenslisten mit Daten von Geburten, Taufen, Hochzeiten und Beerdigungen. Ich tippte neue Suchbefehle ein und überlegte, ob es sich bei Stina Lovisa Julkuin und Christina Lovisa Julkunen um dieselbe Frau handeln mochte. Beide waren mit einem Josef verheiratet gewesen, und auch das Dorf stimmte überein. Aber nein, Stina wäre bei Fredriks Geburt schon fünfzig gewesen. Oder war das Geburtsdatum falsch registriert worden?

Es war ein seltsames Gefühl, Lebensläufe zu verfolgen und dabei zu denken, dass diese Menschen meine Vorfahren waren. Und dass ich nichts von ihnen gewusst hatte.

Als ich Kind war, wurde über unsere Familien oder unsere finnische Abstammung kaum gesprochen. Selbst dieses Schweigen brauchte man nicht einzuordnen oder zu begründen, es war einfach selbstverständlich. Manchmal jammerten Besucher über die Vergangenheit und ich hörte aus ihren leisen Worten ferne Ortsnamen heraus: Workuta, Ost-Kamenogorsk, Duschanbe … Sie erinnerten sich an Menschen, von deren Existenz ich nichts gewusst hatte, an ihre eigenen Onkel und Vettern, an ihre ehemaligen Nachbarn in Toksova oder Miikkulainen.

Später, viel später erklärte Mutter mir einiges, seufzte dabei aber, Geschehenes könne man nicht ungeschehen machen und es sei sinnlos, dem Schnee vom letzten Jahr nachzutrauern, es sei ohnehin besser, die guten Tage noch vor sich zu haben als hinter sich. Sie haspelte eine Redewendung nach der anderen herunter, mit feuchten Augen, gleichzeitig lächelnd und traurig. Über Vaters Familie wusste sie nicht viel, mein Vater Niilo-Nikolaj hatte nur wenig erzählt. Die Kärppäs waren alteingesessene Ingermanländer, wer weiß wann und woher eingewandert, sie hatten friedlich und geschäftig in Ingermanland gewohnt und gelebt, bis die Säuberungen sie wegfegten wie Krümel vom Tisch und die Reste der Familie über die ganze Sowjetunion verstreut wurden. Vater war nicht fähig, darüber zu sprechen, wagte nicht, sich zu wundern, wieso sein Vater davongekommen war und die Onkel nicht, wieso mein Großvater am Großen Vaterländischen Krieg teilnehmen durfte, sogar hinter den feindlichen Linien, obwohl in seinem Pass eigentlich ein Vermerk über untaugliche Nationalität hätte stehen müssen.

Mutter hatte meine Hand in ihre genommen und gesagt, sie habe mit all dem ihren Frieden gemacht. Sie sprach auch davon, vor den Augen Gottes zu stehen, was in meinen Ohren fremd klang. Ich verstand jedoch, was sie meinte, als sie mir erklärte, sie und mein Vater hätten nur versucht, zurechtzukommen und zu überleben und daran zu glauben, dass Aleksej und ich es einmal besser haben würden. Von einem kleinen Menschen in seinem kleinen Haus in Sortavala konnte man nicht verlangen zu sagen, dass die Welt ungerecht war, oder das Sowjetland, denn das war ja ein und dasselbe. So etwas wagte man nicht einmal zu denken. Ein anständiger Mensch arbeitete, passte sich an, kam zurecht und baute. Das kann keine Sünde sein, sagte Mutter, und ich sah, dass sie sich mit dieser Frage gequält hatte. Und ich hatte darauf keine Antwort gehabt. Ich hatte ihr nicht einmal gesagt, dass sie so gut gewesen war, wie man es nur erwarten durfte.

Über ihre eigene Familie erzählte Mutter, dass ihre Eltern Anfang der 1920er-Jahre über die finnisch-sowjetische

Grenze gekommen waren, auf der Flucht vor dem Elend und der Verbitterung nach dem finnischen Bürgerkrieg. Mutter war in Petrozawodsk geboren und hatte nie Verbindung zu ihren Verwandten in Finnland gehabt, in ihren letzten Jahren hatte sie nur gelegentlich die Namen Pirinen, Korhonen und Ronkainen erwähnt.

Nach Mutters Beerdigung hatte ich ihre Papiere durchgesehen und in der Kredenzschublade Sparbücher und alte Staatsobligationen der UdSSR gefunden, säuberlich verwahrt. In einem Umschlag mit Unterlagen über das Haus steckte zuoberst ein mit der Hand beschriebener Briefbogen, auf dem Mutter ihren Stammbaum so genau aufgezeichnet hatte, wie sie ihn kannte und erinnerte, Geburtsdaten und Orte und Namen bis zurück in die Mitte des 19. Jahrhunderts.

Und diesen Spuren ging ich nun nach, suchte in den ins Internet gestellten alten Kirchenbüchern der Savoer Gemeinden nach bekannten Namen. Ich suchte Getaufte, Getraute und Beigesetzte. Ich stellte mir vor, dass ihre Augen und ihre Haltung ähnlich waren wie meine, und wie die meiner Kinder, eines Tages.

NEUNZEHN

»Kärppä«, meldete ich mich am Handy.

»Ja, also ... Kennen Sie einen Korhonen, einen Polizisten?«, fragte eine Frau, ohne sich vorzustellen. Ich bejahte.

»Er ist im Moment am ... falschen Ort. Und in schlechter Verfassung. Er möchte, dass Sie ihn abholen. Er hat etwas Angst, vielleicht«, sagte die Frau und nannte mir die Adresse, Lyhtytie.

Ich wusste nicht gleich, wo das war, doch nachdem die Frau mir eine komplizierte Erklärung gegeben hatte, begriff ich, um welchen Ort es sich handelte, und versprach zu kommen.

Ich nahm den Mercedes. Die Fahrt dauerte fünf Minuten, dann endete die Straße im Industriegebiet an einem Panzerzaun mit großem Tor. Halogenlampen tauchten den asphaltierten Hof in hartes Licht. An seinem hinteren Rand ragte eine Lagerhalle auf, vor deren Laderampe Motorräder und ein mattschwarz lackierter alter amerikanischer Schlitten standen. Am Torpfosten war eine moderne Gegensprechanlage angebracht. Auf dem Vordach sah ich zwei Satellitenantennen, deren Schüsseln sicher zwei Meter Durchmesser hatten.

Ich drückte die Taste der Sprechanlage.

»Ja?«

»Man hat mich angerufen, ich soll Korhonen abholen.«

Die Sprechanlage blieb stumm. Ich wartete. Meine Augen gewöhnten sich an das schroffe Licht und ich entdeckte eine Überwachungskamera, blickte direkt in die Linse, lächelte aber nicht. Die elektrische Verriegelung öffnete sich summend.

Durch die Stahltür der Halle gelangte ich in ein halbdunkles Foyer. Laute Musik spielte, die Bässe fuhren mir in den Körper und gaben meinem Herzschlag den Takt vor. Die Halle war mit Stellwänden in deckenlose Zimmer geteilt. An einem großen Tisch spielten zwei Männer mit raspelkurzen Haaren Billard. Die schwarz gestrichenen Wände saugten das Licht der niedrig hängenden Lampen auf. Rauchkringel schwebten in die Höhe, süßlicher Haschischgeruch stieg mir in die Nase.

In einem Sessel saß ein Mann, der bis auf einen schmalen Haarstreifen in der Mitte des Schädels kahl geschoren war. Obwohl er wusste, dass ich hinter ihm stand, starrte er unbeirrt auf den Fernseher, doch bevor ich feststellen konnte, um welches Programm oder welchen Sender es sich handelte, drückte er auf die Fernbedienung und der Bildschirm wurde schwarz. Dann zerquetschte er seine Coladose und warf sie zielsicher in den Papierkorb. Er sah mich an, fläzte sich im Sessel wie Marlon Brando in seiner fettesten Zeit.

»Eigentlich wollte ich einen Friseurtermin vereinbaren, aber der Salon ist wohl nebenan«, sagte ich.

Das Gesicht des Mannes blieb starr, nur die Augenlider klapperten matt, als ob er beweisen wollte, dass ihn nichts erschütterte. Er trug eine schwarze Hose, ein schwarzes T-Shirt und eine schwarze Lederweste. Seine Arme hätten eigentlich tätowiert sein müssen, doch sie waren blank bis auf eine Kette am Handgelenk.

Ich halte mich keineswegs für einen mutigen Mann, eher für einen klugen Davonrenner und Gefahrenvermeider.

Aber in schwierigen Situationen lasse ich mir meine Angst nicht anmerken. Ich stehe aufrecht da und sehe dem anderen in die Augen, lächle vielleicht andeutungsweise und warte. Und manchmal entschlüpft mir eine so unangebrachte Bemerkung, dass die Waagschale unweigerlich steigt, zu meinen Gunsten. Ich wusste, dass der Mann gerade darüber nachdachte, warum ich nicht winselte oder demütig tat, ob ich etwa eine Pistole im Gürtel oder eine Granate in der Hose oder womöglich eine Kompanie Kumpels im Gebüsch versteckt hatte.

Er beendete seine Musterung, schätzte mich als gewichtig genug ein.

»Witzbold«, klassifizierte er mich, ohne dabei verächtlich zu schnauben. »Hol deinen Kumpel ab. Und halt ihn von hier fern. Das ist der falsche Ort für ihn.« Er nahm eine Dose Cola light aus dem Kühlschrank. Ich verkniff mir eine Bemerkung über die Weight Watchers. Der Mann ließ sich wieder in seinen Sessel fallen und schaltete den Fernseher ein. »Trotzdem haben wir ihn gut behandelt. Haben ein ordentliches Briefing gekriegt. Deswegen bist du jetzt aus dem Schneider.«

Er sah mich an und erklärte: »Weil wir jetzt nämlich wissen, dass du mit dieser Dealersache nichts zu tun hast. Andernfalls hätten wir dich zwar auch hergebeten. Aber dann würden wir hier nicht so gemütlich plaudern.« Er nickte zum Innern der Halle hin und konzentrierte sich wieder auf den Fernseher. Ich verstand den Wink und ging weiter.

An den Wänden des nächsten Raums kreiste eine altmodische psychedelische Lichtorgelshow: Die Lichtkegel bewegten sich in unterschiedlichem Takt in Kreisen und Ellipsen verschiedener Größe, und aus den stillstehenden Bildern flossen die Farben wie Flüssigkeiten. Korhonen saß mit offenen, aber gänzlich leeren Augen in einem Sessel. Er hatte nur ein Hemd am Leib, und auch das stand offen. Sein Schwanz lag klein und in Ruhestellung inmitten der Behaarung, ein Anblick, bei dem eine Frau sagen würde, wie niedlich, und der Mann würde herauszuhören versuchen, ob in ihrer Stimme zärtliche Dankbarkeit lag oder Spott.

Korhonen war nicht in der Lage, irgendwelche Nuancen zu analysieren, er hätte Gebrüll nicht von Flüstern unterscheiden können. Als ich eine Hand vor seinen Augen schwenkte, versuchte er, sie zu fixieren und schien ein wenig munterer zu werden. Er lächelte, in seinem Mundwinkel glitzerte Speichel.

»Schwester, ich bliebe so gern noch hier, doch die Autobahn ist heiß, die Lichter der Städte«, sang er heiser. Dann wechselte er Melodie und Tonart und schmetterte: *»Erloschen sind die Lichter der großen Stadt …«*

»Ende des Konzerts, Georg Ots«, sagte ich, hievte Korhonen aus dem Sessel, stützte ihn mit einem Arm und versuchte, Socken und Unterhose vom Fußboden aufzuheben.

»Ots, Ots, du hast wohl zu viel Ozon abgekriegt«, verdrehte Korhonen meine Worte und zugleich auch seine Unterhose. Er versuchte herauszufinden, wie er sie anziehen sollte.

Vom Sofa erhob sich eine Frau, die einen nur aus Bändern bestehenden Slip und sonst gar nichts trug. »Hallo«, sagte sie ein wenig unsicher und strich sich die Haare zurück. Ihre kleinen Brüste bewegten sich kaum.

»Hallo«, brachte ich heraus. »Haben Sie mich angerufen?«

»Nein, das war Jaana.« Die Frau nickte zum Sofa hin. Ich entdeckte eine blonde Mähne, die unter einem Laken hervorschaute. »Sie schläft schon.«

Ich zog Korhonen an wie ein Kind. Die Frau beobachtete

uns schweigend. Sie war jung und dunkelhaarig, im Dämmerlicht sah sie ganz hübsch aus. Beim Skilaufen würde ich ihr nie begegnen, vermutete ich.

»Hat Korhonen Mist gebaut ... ich meine, steckt er irgendwie in der Klemme?«, erkundigte ich mich.

»Nö. Wir haben bloß angerufen, weil er doch irgendwie nach Hause kommen muss«, versicherte die Frau.

Ich schaffte es, Korhonen halbwegs ordentlich anzukleiden, und forderte ihn auf, mitzukommen. Er ging zu der Frau, drückte sie an sich und küsste sie auf den Hals und die Brüste, an ihren Mund ließ sie ihn nicht heran.

»Du bist nicht besonders sauber. Nun geh schon«, wehrte sie ihn ab.

Ich schob Korhonen zum Ausgang und lehnte ihn an den Türrahmen. Marlon saß immer noch massig in seinem Sessel. Ich trat zu ihm und beugte mich ganz nah an sein Ohr. Die Haut auf seinem Handrücken spannte sich. Vielleicht rechnete er damit, dass ich zubeißen würde.

»Ich weiß nicht, was hier abgelaufen ist. Aber eins weiß ich: Wenn du Korhonen irgendwie in Schwulitäten bringst, dann rückt hier eine Ural-Troika an, dass der Himmel sich verfinstert und der Vorhang zerreißt, und danach sind sämtliche Bandidos bloß noch Mopedjüngelchen oder gehen am Rollator«, sagte ich leise.

Die Nackenwülste des Mannes bewegten sich nicht. Dann drehte er den Kopf.

»Was für ein harter Bursche! Ich krieg richtig Angst«, höhnte er und wandte sich wieder dem Bildschirm zu. Ein großer Rottweiler tapste zu ihm, hockte sich schwer seufzend hin und legte den Kopf schief. Der Mann streckte die Hand aus und der Hund rieb sich die Ohren an seinen Fingern.

»Wir hatten nur ein kleines Informationsgespräch unter Verwandten. Vielleicht sollte er eine Weile keine Urinprobe abgeben. Aber was er zu sich nimmt, ist ganz allein seine Sache. Wir sind immer gastfreundlich. Geht jetzt.«

Er schwenkte huldvoll den Arm.

Ich saß eine Weile im Mercedes und atmete den Autogeruch ein, saugte die Stille auf. Korhonen hockte neben mir und hielt ungewohnterweise den Mund. Ich fuhr los.

Ich hatte gerade in den dritten Gang geschaltet, als sich ein Wagen vor uns setzte und uns schräg an den Straßenrand drängte. Die Tür wurde aufgerissen.

»Einen schönen guten Abend, Viktor Nikolajewitsch«, sprach Nazarjan mich auf Russisch an. Gerasimow stand mit gegrätschten Beinen hinter ihm. »Hattest du eine geschäftliche Besprechung mit den Motorradfahrern? Sind sie für den Vertrieb zuständig?«

»Onkel Nasse und Geronimo, stimmt's?« Korhonen wurde im falschen Moment lebendig. »Wisst ihr eigentlich, Jungs, dass Chruschtschew ein großer Indianerfan war? Er wollte, dass in euren Steppen eigene Rothäute leben. Und deswegen hat er ein großes Aufzuchtexperiment gestartet, aber die Indianer haben sich da nicht wohlgefühlt, jedenfalls haben sie sich nicht vermehrt. Obwohl ihr ja selber eure Inuit und Uiguren hattet. Nee verdammt, jetzt hab ich mich vertan. Die Indianer sind ja genetisch die gleiche Bande wie die Eskimos und Ostjaken und Wogulen. Was euer Chruschtschew züchten wollte, war Mais, jetzt weiß ich's wieder«, beendete Korhonen triumphierend seine Vorlesung.

»Heiliger Bimbam! An deinem Stammbaum sind die Äste total durcheinander. Halt jetzt das Maul, verdammt noch mal, falte die Hände bis zum Ellbogen und bete darum, dass die beiden Herren kein Finnisch verstehen, wenn du überhaupt noch auf irgendwas Wert legst«, fauchte ich.

»Ach was, der Nizoral kapiert doch nichts und Gefilus macht den Mund nicht auf, selbst wenn er was versteht«, brabbelte Korhonen.

»Er redet wirres Zeug«, übersetzte ich für Nazarjan. »Er ist Polizist, Korhonen heißt er.« Ich sprach den Namen russisch aus, und Korhonen versuchte, dazwischenzureden, doch ich stieß ihn in die Rippen und fuhr fort: »Fakt ist, dass ich nur dort war, um diesen Mann abzuholen. Ich weiß nicht, in welcher Beziehung er zu der Motorradgang steht. Er ist ein Spezialpolizist und hat spezielle Kontakte. Wie ich. Und er hat wohl einen Verwandten dort, vielleicht einen Bruder.«

Nazarjan zündete sich einen Zigarillo an. Der blaugraue Rauch stieg mir in die Nase. Mein Gedächtnis produzierte ein glasklares Bild, von dessen Existenz ich bisher nichts gewusst hatte, ein Bild, das uns als Soldaten zeigte, während der Spezialausbildung. Der Wald war herbstfeucht, das Lagerfeuer kümmerlich, und Nazarjan hockte auf den Fersen und rauchte Westzigaretten, während wir anderen Selbstgedrehte pafften oder schlecht brennende Glimmstängel der Marke Weißmeerkanal. Das Bild war klar und voller Details. Es kam mir vor, als hätte ich ganz unten in einer Schublade alte, ungerahmte Dias gefunden.

»Du hast wahrhaftig immer Erklärungen auf Lager. Und zwar so schlechte, dass du dir mit Sicherheit bessere ausdenken könntest. Also entsprechen sie vielleicht der Wahrheit«, sagte Nazarjan und hielt den Rauch in der Lunge. »Aber ich weiß nicht, wie logisch meine Bosse denken und ob sie zu einer solchen Schlussfolgerung fähig sind.« Er hörte sich an wie ein Wunderkind, das sich seiner intellektuellen Überlegenheit bewusst ist. »Diesmal bring ich dich nicht um, denn dann müsste ich auch deinen Freund erledigen. Und einen Polizisten zu töten, bringt Unannehmlichkeiten. Ansonsten ist es ganz egal, ob zwei oder sechs oder zehn … kleine Negerlein sterben. Solange einer von ihnen der Richtige ist.«

Nazarjan schnippte seinen Zigarillo in hohem Bogen auf die Straße, wo er liegen blieb, ein glühender Punkt in der Dunkelheit.

»Auf Wiedersehen«, sagte er.

Ich wusste, dass ich mich an seine Schlussfolgerung erinnern und des Öfteren umblicken würde. Ich würde mich bücken und nachsehen, ob im Auspuff eine Bombe steckte, würde im Dunkeln stehen und mich vergewissern, dass mein Haus leer war.

»Alles geht drunter und drüber oder wenigstens holterdipolter«, brabbelte Korhonen. »Nizoral und Clearasil … na ja, rat mal, ob und was. Ich weiß, dass das Nazarjan und Gerasimow waren. Ich hab die beiden observiert«, berichtigte er sich, bevor ich es tun konnte. »Und ich habe keinen Bruder besucht. Raikka ist ein Vetter von mir, hat ganz in unserer Nähe gewohnt, und wir sind sogar in dieselbe Schule gegangen, aber mein *brat* ist er denn doch nicht.« Er nickte zur Halle der Motorradgang hinüber.

»Du sprichst Russisch?« Ich war vollkommen verblüfft.

»Ich kann vieles, wovon du nichts weißt«, sagte Korhonen zufrieden. »So, und jetzt bring mich nach Hause«, befahl er, als wäre ich ein Taxifahrer.

Ein roter Zhiguli fuhr auf einem Kiesweg durch die Felder. Er kam auf mich zu und sah irgendwie aus, als wäre er hinten überladen, mit leicht erhöhtem Bug schwankte er durch die Kurven. Ich sah schon von Weitem, dass im Fond zwei Män-

ner mit schwarzen Filzhüten saßen, in dicke Wollmäntel gehüllte, eng zusammengepferchte, beleibte Männer. Der Zhiguli hielt, der Fahrer war mein Vetter Semjon, der Berufsschullehrer, er trug eine lederne Schirmmütze und stierte mich durch seine dicken Brillengläser an.

Und dann war ich plötzlich mitten in einem alten Beerdigungsfoto, unter den Trauergästen am Sarg, in einem Raum mit Blockwänden. Auch Mutter stand dort, die anderen Leute kannte ich nicht. Der Sarg war mit schwarzem Stoff bezogen und mit weißen Bändern verziert, ein kleiner Deckel war abgenommen worden. Ich begriff, dass mein Vater im Sarg lag, und wiederholte immer wieder, dass ich nicht hinsehen wollte.

Ich erwachte aus dem Traum und war sofort hellwach, obwohl es erst einige Stunden nach Mitternacht war und ich wusste, dass ich tief geschlafen hatte. Ich stand auf und streifte durch mein stilles Haus, sah aus dem Fenster auf die noch stillere Siedlung. Die kreuz und quer gebauten alten Häuser, die in vielen Richtungen schwankenden Schuppen und der Kiesbelag auf der Straße führten meine Gedanken nach Sortavala, wo ich im Traum gerade gewesen war.

Ich schaltete den Computer ein, klickte das E-Mail-Programm an und schrieb an Marja. Ich erzählte ihr von dem Traum und von meiner Sehnsucht und Einsamkeit, entschuldigte mich dann, weil ich mich immer beklagte, und bat sie, mir zu antworten. Dann kehrte ich zur unangenehmen Wirklichkeit zurück und übermittelte Marja die Grüße ihres Großvaters oder besser gesagt seinen Krankenbericht. Ich entschuldigte mich, weil ich sie nicht sofort informiert hatte, wiederholte aber, dass Juho nicht in akuter Lebensgefahr war.

Ich schickte die Nachricht ab und wusste, dass sie fast im selben Moment bereits angekommen war und nur darauf wartete, geöffnet zu werden. Unter den gesendeten Nachrichten las ich noch einmal durch, was ich geschrieben hatte, und fühlte mich ein wenig unbehaglich, weil ich meine Einsamkeit und Juhos Krankheit in dieselbe Mail gepackt hatte, als wollte ich Marja in eine empfindsame Stimmung manövrieren.

Das Rädchen an der Maus rührte sich nicht, als ich versuchte, auf *Verbindung abbrechen* zu klicken.

IV

Alles, was da ist, das ist fern und ist sehr tief; wer will's finden?

Der Prediger Salomo 7,24

ZWANZIG

Onkel Olavi rief mich um halb sieben auf meinem Zweithandy an, weckte mich, der alte Frühaufsteher.

»Ich hab schon auf deinen Anruf gewartet. Hier laufen die Gemüter ziemlich heiß«, sagte ich ungeduldig.

»Ach Vitja, Vitjuscha, ich alter Mann kann nicht mehr so schnell rennen. Jeden zweiten Tag ruhe ich mich aus und an den anderen Tagen tue ich gar nichts, das ist eine alte Volksweisheit. Aber im Ernst, du hast mich nach schwierigen und delikaten Dingen gefragt, da konnte ich schließlich keine Annonce in die Zeitung setzen«, wand sich Olavi, sagte dann jedoch: »Aber etwas habe ich immerhin herausgefunden.«

»Erzähl«, drängte ich.

»Ich habe einen Kontakt für dich. Hier. Zeit und Ort sind vereinbart. Geh in deine E-Mail, ändere das Passwort und unterbrich die Verbindung. In einer halben Stunde kommt eine Nachricht an. Lösche sie, sobald du sie gelesen hast, leere den Papierkorb und mach dir keine Notizen. Grüß Aljoscha von mir.«

Ich hatte keine Gelegenheit, mich zu bedanken oder zu verabschieden, denn Olavi war bereits verschwunden und die Verbindung tutete ihre Leere in den Raum. Ich sah auf die Uhr. Die Nachricht kam nach achtundzwanzig Minuten. In einer Woche in St. Petersburg. Und der Hinweis, dass mein alter Onkel die Bürgschaft für mich übernommen hatte und ich mich danach richten musste. Ich verstand.

Ich klingelte bei Helena, hörte leise Schritte und malte mir aus, dass sie barfuß war. Sie war es.

»Ach, hallo«, sagte sie und öffnete die Tür nur halb. »Nicht auf der Schwelle«, lächelte ich, trat ein und küsste sie auf den Mund.

»Hast du aufgemacht?«, kam eine Stimme aus dem Wohnzimmer.

Helena sah auf den Teppich, zeichnete mit den Zehen ein Muster. Der Mann, der in den Flur kam, rutschte beinahe auf dem Parkett aus, als wäre er bei meinem Anblick voll auf die Bremse getreten, wie ein Autofahrer, wenn ein Elch über die Straße läuft. Er hatte kurze dunkle Haare, trug ein hellblaues, langärmliges Hemd und eine Jeans mit Bügelfalte. So warm angezogen bei dieser Hitze, dachte ich. Ich wusste, dass er Antti war, Helenas Mann. Er sah gesund und fast noch jung aus, begann gerade erst, sich über wachsende Geheimratsecken und den beginnenden Bauchansatz Sorgen zu machen. Ich hatte Männer wie ihn freitags in den Bars gesehen, harte Kerle einmal wöchentlich.

»Aha. Nicht schwer zu erraten.« Antti maß mich ab, war der Herr im Haus. »Schon gut, so was kann passieren. Helena und ich haben uns ausgesprochen. Und ich habe ihr verziehen ... Na ja, sie mir auch. Aber das geht Sie eigentlich nichts an.«

Er starrte mich an, brachte sich in Fahrt.

»Aber ich muss schon sagen, ich wundere mich. Dass es ausgerechnet irgendein Viktor sein musste. Die finnischen Frauen sind wirklich töricht, verdammt noch mal, hinter Ausländern her wie die Elster hinter allem, was glitzert.

Auch wenn bei dir höchstens der Goldzahn glitzert. Ein leibhaftiger Russen-Romeo«, giftete er mich an.

Er schien Helenas unterwürfiges Schweigen zu genießen.

»Oder ein Viktor Kalborrek«, setzte er noch eins drauf. Ich begriff, dass das eine Beleidigung sein sollte, verstand die Anspielung aber nicht. »Und Perttu wird auch gleich zur Internationalität erzogen, wie schön«, höhnte er und wandte sich ab.

Er war so plötzlich verstummt, als hätte er eine Besprechung im Konferenzzimmer beendet, so organisieren wir das Marketing, alles klar, jetzt wird Profit gemacht. Gut, dass wir auch diesen neuralgischen Punkt gründlich besprochen haben, Klärung muss sein, auch wenn es im Moment schmerzt.

Aber was wusste ich schon davon. Die Flipchartsitzungen der Schlipsträger hatte ich nur zufällig mit angehört, beim Umbau eines neuen Bürogebäudes in Ruoholahti. Wir hatten Zwischenwände in Aluminiumrahmen gesetzt, Hohlschienen für die Kabel der Computer und Drucker angebracht und uns über die angeblich ernsthafte Arbeit erwachsener Leute gewundert. Sie fläzten sich vor ihren Monitoren, hockten in seltsam schlaffer Haltung auf ihren Stühlen, tranken Wasser aus der Flasche und sprachen am Handy, obwohl auf den Tischen richtige Telefone standen.

Und dann die Besprechungen. »Können Sie eine Weile mit dem Hämmern aufhören?«, ließ man uns von einer lächelnden Frau ausrichten. Wir saßen da und taten irgendwas, versuchten, die Arbeit geräuschlos voranzubringen, und dreißig Zentimeter weiter, hinter einer dünnen, wabenartigen Stellwand, fand eine Sitzung statt. Ich hatte es über mich gebracht, still und demütig zu sein, unsichtbar und unhörbar, aber jetzt durchzuckte mich ein schwarzer Schmerz: War ich stellvertretend für Helena wütend oder darüber, dass Antti all das hatte, was auch mir zugestanden hätte: Frau, Kind, eine helle Dreizimmerwohnung, in der es nicht zog und nicht kalt war, einen Dienstwagen mit CD-Player und sechs Lautsprechern. Er hatte einen Platz, ein Fach, eine Position.

Hör auf zu denken, befahl ich mir. Andererseits malte ich mir aus, wie ich Antti zu Boden warf und sein Gesicht auf die Kante des Flickenteppichs presste und sagte, hier, du Knilch, da hast du ein Stückchen vom Organisationsschema. Und dann würde ich ihn daran erinnern, dass er keinen Grund hatte, Helena vorzuwerfen, sie sei eine schlechte Mutter, immerhin hatte er selbst seine Familie und sein Heim verlassen, war auf freies Weideland geprescht, ein Stierkalb im Frühlingsrausch, gierig nach dem Geruch der Färsen. Ich begriff jedoch, dass ich damit bei Antti den letzten Rest von Schuldgefühl tilgen würde und dass die Einzige, die darunter zu leiden hätte, Helena wäre, die ihren Mann verteidigen und mich von ihm wegreißen würde.

Ich sah Helena an, schüttelte langsam den Kopf und versuchte, liebevoll zu klingen: »Das ist nicht so gut gelaufen.«

»Nein«, sagte Helena leise. Sie spitzte die Lippen, lehnte sich an den Türrahmen und verschwand fast zwischen den Mänteln, die an der Garderobe hingen. Sie sah zu Boden, verfolgte die Linien, die ihre Zehen zeichneten. Kunst ohne Hände, kam mir unpassenderweise der Aufdruck auf den kostenlosen Weihnachtskarten in den Sinn.

»Okay, versuch zurechtzukommen. Mit dem da und überhaupt«, präzisierte und verallgemeinerte ich. »Ich geh jetzt. Mach's gut.«

Ich berührte sie nicht, drückte die Tür zu, ohne zu poltern. In scharfem Rhythmus lief ich die Treppe hinunter, Stufe für Stufe.

EINUNDZWANZIG

Es war kein Problem, die Reise nach St. Petersburg zu organisieren. Ich hatte ein Dauervisum und im Zug oder in einer Busreisegruppe war immer Platz. Trotzdem rief ich Karpow an und erkundigte mich, ob irgendwelche seiner Bekannten gerade nach St. Petersburg fuhren oder seine Männer Autos aus Deutschland überführten.

Und Karpow hatte jemanden an der Hand. »Ich organisiere das, einen Moment, *minutotschka*«, sagte er.

»Waleri, ich meine, wirklich jetzt gleich«, präzisierte ich.

»Schau, bald kriecht die Zeit wie ein Wurm, mein Kind, bald fliegt sie wie ein Vogel geschwind«, zitierte Karpow und weigerte sich, beleidigt zu sein. »Sag mir, Brüderchen, wann ist sofort?«

»Waljuscha«, drängte ich. »Jetzt. Sofort. Nicht bald, nicht irgendwann, nicht später. Sondern jetzt.«

Ich blieb in der Nähe des Telefons und wartete. Nach kurzer Zeit rief Karpow zurück und erklärte, er habe es einrichten können, dass ich einen aus Deutschland kommenden Importwagen von Hanko nach St. Petersburg überführte.

»Der Tarantjew kann gleich wieder nach Rostock zurückfahren, er bringt den Wagen nur durch den Zoll, erledigt die Formalitäten und klebt die Transitzettel auf die Schilder. Eine legale Sache, absolut offiziell. Und nach Hanko kann dich auch jemand mitnehmen, unsere Leute fahren ja laufend nach Deutschland, um Autos zu holen«, prahlte Karpow. Er fügte hinzu, in Russland gebe es offenbar Abnehmer für sämtliche alten und auch für die etwas neueren Autos aus ganz Europa.

Ich wurde am Bahnhof abgeholt. Der alte schwarze Ford war mit Aufklebern auf sportlich getrimmt worden, oder man hatte es zumindest versucht. Die roten Spoilerstreifen waren so ungleichmäßig wie der Lauf des Motors, der jeden siebten Takt auszulassen schien.

Ich setzte mich auf den Beifahrersitz, denn hinten saßen bereits zwei unauffällige Männer mittleren Alters. Russen, das war mir sofort klar.

Ich nickte, wir machten uns nicht miteinander bekannt. Der Fahrer war Finne, ein blonder junger Bursche. Einer wie er hätte im Baumarkt am Farbenmischer arbeiten können, und abends in der Kneipe hätte man sich gefragt, woher man diesen lärmenden jungen Mann kannte, der die Schirmmütze verkehrt herum trug.

Der Fahrer schaffte es, den Mund zu halten, bis wir im Vorort Lauttasaari waren. Dann legte er los. Er fluchte über die Verkehrsregelungen in Helsinki, die muss ein führerscheinloser Ingenieur am Schreibtisch erfunden haben, verdammt noch mal. Die Benzinpreise und die Kfz-Steuer schloss er auch gleich in sein Klagelied ein. Er fuhr ruckhaft, rutschte auf seinem Sitz vor und zurück wie auf einer Ruderbank und wechselte bei seinen rastlosen Überholmanövern ständig die Spur.

Am Ende der Ausfallstraße beruhigte er sich vorübergehend, ging auf achtzig Stundenkilometer herunter, beschleunigte aber wieder, als die Straße einspurig wurde. Bei Kirkkonummi kamen uns Armeefahrzeuge entgegen.

»Guck mal, die kommen bestimmt aus Upinniemi«, begeisterte sich der Fahrer. »Aber die sind ja bloß noch Waschlappen, die jetzigen, die reinste Warmduschergeneration. Die schieben gerade mal sechs Monate Dienst und davon ist die Hälfte Urlaub. Oder sie werden gleich wieder nach Hause geschickt, weil sie an keinerlei Disziplin gewöhnt sind.« Dann gewährte er mir Einblick in seinen eigenen Schützengraben: »Zu meiner Zeit war das anders, in den Neunzigern. Ich war als Kfz-Mechaniker in Parola. Einmal haben wir vier Tage im Wald verbracht, bei dreißig Grad Frost. Verdammt noch mal, der Motor war eiskalt, ich hab mir fast den Arsch abgefroren, als ich versucht hab, ihn zum Laufen zu bringen …«

Ich nickte ein paarmal, nahm scheinbar Anteil an seinen schweren Erlebnissen, ließ sein Gerede aber an mir vorbeirauschen und versuchte, mich nicht zu ärgern, den Vergleich mit meinen eigenen Spähtruppübungen während der Spezialausbildung zu vermeiden, bei denen wir tagelang unterwegs waren, ohne Lagerfeuer und ohne geheiztes Zelt, sodass uns schließlich sogar das Licht der Sterne warm vorgekommen war.

»Und wo warst du?«, fragte der Fahrer plötzlich.

»Ich habe keine Erfahrung mit der finnischen Armee«, lächelte ich sanftmütig. Der Fahrer stutzte und erschrak dann, als ihm aufging, dass er mich womöglich beleidigt hatte. Sicher überlegte er, ob ich Zivildienst geleistet hatte oder aus gesundheitlichen Gründen ausgemustert worden war oder womöglich als tiefgläubiger Mensch den Dienst verweigert hatte.

»Der Fahrer ist furchtbar geschwätzig. Sollen wir ihn rausschmeißen?«, fragte einer der Männer von der Rückbank auf Russisch. Offenbar war er das Gerede leid.

»In der Steppe ist Platz für viele Stimmen«, beschwichtigte ich. »Und Dummheit ist keine Sünde. Die Einzigen, die sich dafür schämen könnten, sind Vater und Mutter.«

Der Fahrer beobachtete uns im Rückspiegel. Ich vermied es, zu ihm hinzusehen, und bemühte mich, nicht zu lächeln. Er schaltete das Radio ein. Auf der blinkenden Anzeige stand NRJ. In Hanko steuerte er auf direktem Weg den Hafen an und brauste ohne Zögern auf einen Stellplatz für Invaliden.

»Da wären wir also, na ja, dann gute Weiterreise«, sagte er vorsichtig.

Wir stiegen aus, ohne uns zu bedanken, und nahmen unsere Reisetaschen aus dem Kofferraum. Der Fahrer schlug den Kofferraumdeckel zu, hob grüßend die Hand und versuchte beim Wegfahren, die Reifen zum Quietschen zu bringen. Die Männer von der Rückbank gingen in die Abfertigungshalle. Ich blieb draußen.

Die Schnellfähre aus Rostock hatte ihre Ladung ausgeschieden und die finnischen Wagen fuhren bereits aus dem Hafengebiet. Ich wartete. Autos mit Transitschildern kamen in gleichmäßigem Strom aus dem Zollbereich, doch ein grauer Audi war nicht darunter. Ich wollte schon die Handynummer anrufen, die Karpow mir für alle Fälle genannt hatte, als der Audi endlich auf den Parkplatz zockelte.

»Grüß dich, Viktor Nikolajewitsch.« Der Fahrer öffnete die Tür und duzte mich, obwohl wir uns nie zuvor gesehen hatten. »Karpow hat zu mir gesagt, mein Freund Vitoscha kommt ans Ufer, du gibst ihm den Wagen, er ist leicht zu erkennen, ein gut aussehender, sportlicher Mann. Das hat Karpow gesagt. Und so wahr die Spatzen tschilpen, ich hätte dich nicht verfehlen können. Ich bin Tarantjew, Michail Andrejewitsch Tarantjew.«

Der Mann stieg mit ausgestreckter Hand aus, ein kleiner Kerl mit dicken Brillengläsern. Er schüttelte mir die Hand, erzählte von der stürmischen See und dem Schaukeln des Schiffes und der guten Verpflegung. Ich wagte eine Bemerkung über die lange Wartezeit, ich hatte mich über das leere Schiff und das leere Ufer gewundert.

»Ach du meine Güte, wenn du wüsstest, ich kann dir nicht mal die Hälfte erzählen.« Tarantjew breitete die Arme aus und setzte zu einer langwierigen Erklärung an, aus der ich mir zurechtreimte, dass er Bug und Heck des Schiffes verwechselt hatte, und folglich auch rechts und links im Verhältnis zur Fahrtrichtung. Er hatte sich auf dem Autodeck verirrt, und als er schließlich seinen Wagen gefunden hatte, war es ihm nicht gleich gelungen, die elektronische Wegfahrsperre auszuschalten. »Dieser neumodische Kram taugt einfach nichts«, schimpfte er.

Ich stimmte ihm zu, legte meine Taschen in den Wagen, setzte mich ans Steuer und schob den Sitz einen halben Meter zurück. Der Alte setzte seine Tirade fort, gestikulierte mit den Händen und verdammte die ständige Hektik.

»Wozu die Hast, in einer endlichen Welt«, nickte ich und fuhr los. Im Rückspiegel sah ich, dass Tarantjew noch lange mit erhobenem Arm dastand.

Der Audi zog ein wenig nach links, sodass ich ständig gegenlenken musste. Davon abgesehen fuhr er sich weich und glitt lautlos über den glatten Asphalt. Ich fuhr ohne Zwischenstopps, auf der Umgehungsstraße kam ich zügig an Helsinki vorbei. Hinter Porvoo überholte mich eine Gruppe von fünf deutschen Autos. Zwei der Wagen und ihre Fahrer hatte ich bereits im Hafen gesehen. Vermutlich hatten sie einen Abstecher zu Biltema gemacht und eingekauft und waren deshalb vorübergehend hinter mir zurückgeblieben.

Ich hängte mich hinten an. Wir fuhren hundertdreißig und für meinen Geschmack zu dicht aufeinander.

Mein Handy steckte in der Halterung am Armaturenbrett. Es klingelte, auf dem Display stand nur *Anruf*.

»Kärppä«, meldete ich mich und hörte das Echo meiner Stimme. »Hallo«, rief ich in die Lautlosigkeit.

Die Antwort überraschte mich. »Marja hier.«

»Hallo«, brachte ich heraus. »Was gibt's, Marja?«

ZWEIUNDZWANZIG

Kurz vor Wiburg bog ich nach rechts ab. Der schmale Weg wand sich zwischen Birken und Weidensträuchern einen sanft abfallenden Hügel hinab, teilte sich dann in noch kleinere Gässchen, die wie ein riesiges Spinnennetz Datschen und Gemüsebeete umspannten.

Aus alter Gewohnheit wusste ich die tiefsten Schlaglöcher zu vermeiden. Allerdings überraschte es mich, wie löchrig der Weg war, denn in einem so trockenen Sommer hatte ich nicht erwartet, dass der Regen den Kies fortspülte. Die Reifenspuren hatten sich tief eingedrückt, in der Mitte des Weges erhob sich eine Böschung wie eine seltsam grüne Bergkette. Das Gras strich raschelnd über den Boden des Audi. Ich hielt bei einer grauen Hütte, der nur die blauen Fensterrahmen Farbe gaben, und ließ den Wagen mit offenen Türen im Schatten einer dicht belaubten Bruchweide stehen.

Auf dem Hof vor der Hütte zog ich das Hemd aus und reckte mich in der Sonne. Ich hatte die Autokarawane verlassen und an einer Bushaltestelle gehalten, als Marjas Anruf kam. Wir hatten geredet, und es war mir vorgekommen, als ob Marja erst gestern weggefahren wäre, zu einem kleinen Tagesausflug irgendwohin. Sie plauderte in vertrautem Tonfall, erzählte Belangloses und erklärte ohne Scheu, dass sie Sehnsucht hatte.

»Ach Viki, wenn du wüsstest, wie sehr ich dich liebe. Du

hast mich eingefangen, ich sitze in der Falle«, sagte sie ernsthaft. Und selbst Viki klang rund und angenehm, obwohl ich den Kosenamen anfangs seltsam gefunden hatte.

Wir sprachen über Marjas Studium und über die Hitze, über die Krankheit ihres Großvaters und über die Bauarbeiten. Ein wenig ausweichend erzählte ich ihr, dass ich gerade einen Wagen nach St. Petersburg überführte, obwohl das ja der Wahrheit entsprach, zumindest zur Hälfte. Als es nichts Neues mehr zu erzählen gab, hatten wir uns verabschiedet, »damit es nicht zu teuer wird«. Dann war ich in einem Stück bis zur Grenze gefahren, hatte nicht einmal im letzten Restaurant auf der finnischen Seite eine Kaffeepause gemacht. Es tat mir leid, dass mein Handy die Nummer nicht gespeichert hatte. Marja hatte aus irgendeinem Büro angerufen, sie hatte kein Telefon in ihrem Zimmer, aber vielleicht war sie ja noch eine Weile in dem Büro geblieben.

Aus dem Brunnen holte ich Wasser, klar und kalt. Der Schöpfeimer war an eine lange Holzlatte genagelt. Ich trank, wusch mir das Gesicht und spritzte mir den Oberkörper nass.

»Der Sommer trocknet, was er nass macht«, sagte eine heisere Stimme auf Russisch hinter mir. Ich fluchte über meine Unachtsamkeit, wie konnte ich mich so überraschen lassen? Langsam drehte ich mich um, die Hände halb erhoben, sichtbar.

Der alte Mann war klein und ernst. Er trug eine schwarze Schirmmütze, unter der dichtes Haar hervorquoll. Seine gesunde Gesichtsfarbe stand im Widerspruch zu den schweren Tränensäcken, die ihn kummervoll aussehen ließen. Die drei obersten Knöpfe seines karierten Flanellhemds standen offen und die Sonne hatte ihm ein spitzwinkliges Dreieck unter das Kinn gebrannt. Der Alte kam in seinen Klettverschlussturnschuhen mit großen Schritten auf mich zu.

»Ich bin Artjom Rebrow. Ich habe ein Auge auf Karpows Villa ... und auf die Leute, die hier Rast machen«, sagte er gemessen, als sei er der treue Wächter einer Fischerhütte des Zaren.

Er drängte mich, ins Haus zu gehen, in den Schatten, das sei bei dieser Hitze klüger, und stand hinter mir, als ich nach einigem Suchen den richtigen Schlüssel ins Schloss steckte. »Ich hätte doch aufschließen können«, sagte er diensteifrig. Ich ließ Rebrow zuerst eintreten. Er marschierte schnurstracks zum Kühlschrank, holte Esswaren heraus. »Ich mache einen kleinen Imbiss zurecht.«

Die Hütte hatte eine Stube und eine kleine Schlafkammer. Ich sagte dem Alten Bescheid, rollte den Teppich auf, griff nach dem Metallring und klappte die Falltür hoch. Dann stieg ich in die kühle Grube hinab. Der lange, schmale Keller war leer, doch die Regale und Kisten atmeten den Staub alter Einmachgläser und den Geruch von welkendem Wurzelgemüse. Meine Nase registrierte Feuchtigkeit und Schimmel. Ich schob eine Holzkiste beiseite, in der ein paar Kartoffeln ihre Keime reckten. Unter der Kiste lag eine Plastiktüte, prall gefüllt mit Geld, mit Scheinen unterschiedlicher Größe, jeweils zu hunderttausend Rubeln gebündelt. Ich stopfte mir ein Bündel in die Gesäßtasche und schrieb die Entnahme mit Bleistift in ein kleines blaues Heft: *100 VK*. Dann steckte ich das Kontobuch der Kellerbank wieder in die Tüte und stellte die erdige Kiste an ihren Platz zurück.

Vorsichtig spähte ich in die Stube. Artjom Rebrow röstete irgendetwas in der Bratpfanne, streute mit dem Esslöffel Salz darüber und fischte zwei Salzgurken aus dem Glas.

Ich ging zurück in den Keller. Auf dem Boden lagen schmale Fußroste aus Holzlatten. Ich ging zum hintersten Fußrost, hob ihn hoch und lehnte ihn an die Wand. Darunter befand sich eine Grube, ein zwanzig Zentimeter tiefes und fast zwei Meter langes Grab, in dem eine Blechkiste lag. Ich klappte den Deckel auf, schlug die grüne Stoffabdeckung zurück und begann, die passende Waffe auszusuchen.

Wenn ich in Russland war, versuchte ich immer, mich vorsichtig und unauffällig zu benehmen, wie ein normaler, harmloser Mensch, der niemanden störte und für den sich niemand interessieren konnte. Selbst im heimatlichen Karelien zog ich es oft vor, russische Papiere zu benutzen und ein Bündel zerknitterter Rubelscheine in der Tasche zu tragen. Bei Bedarf holte ich mir Geld aus einer von Karpows Geheimkassen und bestellte die nötigen Dokumente und Genehmigungen. In St. Petersburg war ich schon seit einer ganzen Weile nicht mehr gewesen. Ich hatte nicht direkt Angst, aber ich wusste, dass es in der Stadt Leute gab, die mein Mundwerk gern für ihre Zahnarztspiele verwendet hätten – ohne Betäubung.

In Russland hatte ich immer eine Waffe bei mir. Beim Zoll wurde das Gepäck neuerdings kaum noch durchsucht. Dennoch hielt ich es für klüger, Karpows Lager zu benutzen. Ich konnte nur hoffen, dass seine Knarren nicht zu identifizieren und mit irgendeiner Mordserie in Nowosibirsk in Verbindung zu bringen waren. Auch jetzt betrachtete ich mit leisem Misstrauen den Haufen, in dem bunt gemischt alte Nagant-Revolver, ein paar deutsche Mauser aus dem Krieg, neuere kleine Pistolen, zwei abgesägte Schrotflinten, eine in voller Länge belassene doppelläufige Baikal sowie einige Sturmgewehre und Maschinenpistolen lagen.

»Mit der da habe ich eine Menge Enten erlegt.« Artjom Rebrow hatte sich wieder lautlos angeschlichen, spähte durch die Bodenluke und jagte mir einen Schreck ein. »Und die abgesägten habe ich eigenhändig mit Spezialpatronen geladen, die jeden stoppen. Natürlich haben sie keine große Reichweite. Aber aus zehn Meter Entfernung reißen sie ein Halbmeterloch. Wenn der Wind durch die Eingeweide bläst, kühlen selbst die heißesten Gemüter ab«, erklärte der Alte mit unbewegtem Gesicht, als ginge es um verspätete Rentenzahlungen oder Prostataprobleme.

»Aber jetzt komm erst mal zum Essen, mein Junge«, fügte er hinzu und klopfte mir auf die Schulter.

Ich nahm einen kleinen Colt-Revolver aus dem Haufen. Er war zwar bucklig wie ein Barsch, sah aber mit seiner unverschrammten bläulichen Färbung sauber aus. Ich verließ mich darauf, dass er reibungslos funktionieren würde. Nach einigem Wühlen fand ich zwei Schachteln mit der passenden Munition. Unter den langen Waffen wählte ich eine Kalaschnikow, das Panzertruppenmodell, dessen Metallschaft sich zur Seite klappen ließ. Die gebogenen Magazine befestigte ich noch nicht an der Waffe. Sie waren mit Paketband gegenläufig aneinandergeklebt. So ließ sich das zweite rasch nach oben drehen, wenn das erste leer war. Ich trug mein Arsenal zum Auto, versteckte das Sturmgewehr unter der Filzmatte im Kofferraum und schob den Revolver unter den Fahrersitz.

Rebrow hatte Spiegeleier und gebratene Wurst, Buchweizengrütze, geviertelte Salzgurken und Silberzwiebeln, eine Dose Krebsschwanzfleisch, Brot, geklärte Butter und Pökelschinken aufgetischt. Ich griff zu und wunderte mich über meinen Appetit, ich hatte geradezu Hunger, trotz der Hitze und der fragwürdigen Hygiene des Kochs. Dass die Finger des Alten schmutzig waren, hatte ich gesehen, und ich war mir ziemlich sicher, dass er die Teller am Ärmel seines Flanellhemds abgewischt hatte. Rebrow setzte sich schüchtern an die Tischecke, aß ein wenig und erzählte, dass er als junger Mann auf einem Flusskahn gearbeitet hatte, als Maschinenmeister, jahrelang, und dass er jetzt als Rentner und Faktotum hier in Wiburg lebte. Ich aß und hörte mir seine Geschichte an und schaute zu, als das letzte Glied in der Kette der organisierten Kriminalität den Grützerest aus dem Topf kratzte.

Ich brauste nach St. Petersburg. Unterwegs überholte ich mit fünfzig Stundenkilometern dahinzockelnde Laster, an deren Ladeklappe mit großen Schablonen die Ziffern und Buchstaben des Nummernschilds gemalt waren und auf deren Ladefläche jeweils ein putziger kleiner Behälter stand, aus dem irgendeine umweltfreundliche Flüssigkeit tropfte. Ich wich auf den Randstreifen aus, wenn wieder einmal ein entgegenkommender Lada einen Holztransporter überholte, und ließ einen Wagen, der mir fast an der Stoßstange hing, höflich vorbei. Es war ein überlanger Cadillac mit getönten Scheiben, ein Transitschild am Heck, das Vinyldach zusätzlich mit Plastik geschützt. Irgendwer hatte das Bedürfnis, seinen Reichtum zur Schau zu stellen.

Der Verkehr war seit meinem letzten Besuch wieder geregelter und zivilisierter geworden, stellte ich fest, als ich bereits am innersten Ende des Finnischen Meerbusens vorbeifuhr und am Straßenrand die ersten vierzehnstöckigen Wohnhäuser finster aufragten. Ich fuhr die gewohnte Strecke. Die Tafeln mit der Autoreklame waren größer geworden, und die finnischen Ladenketten hatten ihre Expansion nach Russland offenbar fortgesetzt; neben dem Möbelgeschäft und der Eisenwarenhandlung K-Rauta hatte ein Siwa-Supermarkt eröffnet und ich überlegte, ob Siwa auch hier den Spitznamen Sibirisches Warenhaus trug.

Karpows Terminal befand sich im Hof eines alten Wohnhauses in der Nähe des Finnischen Bahnhofs. Das Haus verstreute seinen gelben Putz um sich, doch der Maschendrahtzaun war neu und das elektrisch betriebene Aluminiumtor glitt geräuschlos zur Seite, als ich vorfuhr. Ich parkte neben den deutschen Autos, die ich auf der Autobahn gesehen hatte, und nahm meine Taschen aus dem Wagen. Ein gepflegt aussehender junger Mann trat durch eine rotbraune Tür auf den Hof, gab mir die Hand und trug die Daten des Audi in ein Formular ein, das von Metallklemmen an der Schreibunterlage festgehalten wurde.

Der Mann nickte wortlos, als ich ihm die Autoschlüssel überreichte, und wartete, bis ich durch das Tor gegangen war. Er zielte mit einer kleinen schwarzen Fernbedienung auf die Wand und das Tor begann sich langsam zu schließen.

Verdammter Trottel, fauchte ich mich an. Ich rief dem Fernbedienungsmann zu, ich müsse noch einmal hinein, und schlug mir wegen meiner Zerstreutheit an die Stirn. Der Mann öffnete die Zentralverriegelung des Audi, ich holte das Sturmgewehr aus dem Kofferraum und versuchte, es in meinem Gepäck unterzubringen. Es war ein wenig lang, obwohl es sich fast auf halbe Größe zusammenklappen ließ. Ich nahm meine Kleider aus der größeren Sporttasche und legte die Waffe schräg hinein. Dann packte ich die Kleider ordentlich darüber. Der Mann, der den Wagen in Empfang genommen hatte, sah, was ich einpackte, kümmerte sich aber nicht darum, wunderte sich nicht und stellte keine Fragen.

Ich schlug den Kofferraumdeckel zu und sagte noch einmal Auf Wiedersehen. Meine Nachlässigkeit war mir unbegreiflich. In dieser Stadt hatte ich keine Lebensversicherung.

Die Halle des Finnischen Bahnhofs summte vor Hitze und Gedränge, siedete im untilgbaren Geruch nach Zwiebeln und

Schnaps und ungewaschenen Kleidern. Hoch oben an der Wand hing eine Karte der Sowjetunion, von einem Netz aus Bahnstrecken überzogen, die wichtigsten Knotenpunkte mit Lämpchen markiert, die schon zu Gorbatschows Zeiten erloschen waren.

Ich durchquerte die Halle, ging zu den Bahnsteigen, kehrte um und verließ eilig das Bahnhofsgebäude. Draußen war es nicht weniger heiß, doch trotz der Auspuffgase atmete es sich leichter. Ich schlängelte mich zwischen den Kiosken hindurch, hinter deren fleckigen Plexiglasscheiben sich CDs, Shampoo, Bierflaschen, Zigaretten und Handyschalen stapelten. Während ich die Handelsware betrachtete, versuchte ich mich gleichzeitig zu vergewissern, dass ich nicht verfolgt wurde. Die bunt gemischte Menschenmenge wirkte nicht verdächtiger als gewöhnlich.

Vor dem Bahnhof fuhren Taxis vor. Ich stand mit dem Rücken zur Straße und schnappte mir einen gelben Wolga, der gerade quietschend zum Stehen gekommen war. Ich öffnete die Tür, legte meine Taschen auf die Rückbank und bat den Fahrer, mich zum Hotel Moskwa zu bringen. Er hatte ein kantiges Gesicht und trug eine kleine Radrennfahrermütze. Beim Anfahren hielt er die Drehzahl niedrig und schaltete fast sofort in den nächsten Gang hoch.

Das Kunstleder, mit dem die Rückbank bezogen war, war klamm und schwitzig, aber es war irgendwie ein feierliches Gefühl, dazusitzen und das von der Abendsonne verwöhnte St. Petersburg zu betrachten. Das Wasser der Newa blinkte, die Uferpaläste säumten sie, unerschütterlich in ihrer kühlen Schönheit, und die Büsche verdeckten mit ihrem barmherzigen Grün die hervorstehenden Eisenstangen verbogener Zäune, den unidentifizierbaren Allgemeinmüll auf den Höfen und die aus längst vergessenen Gründen ausgehobenen

Gruben, die sich bald mit platt getretenen Plastikflaschen, verzogenen Fahrradfelgen und Spielzeugresten gefüllt hatten. Immerhin hatte ich einmal in dieser Stadt gelebt, erklärte ich mir und lächelte.

»Reservierungsnummer 111, bitte«, sagte ich zu der Rezeptionistin, wie es der Unbekannte, der mich eingeladen hatte, in seiner Mail angeordnet hatte. Die Frau konzentrierte sich auf ihren Computer; ich wusste nicht, ob sie vermeiden wollte, mir in die Augen zu sehen, oder ob sie gramvoll den abgesplitterten Lack auf ihren Fingernägeln betrachtete.

Ich sammelte mein Gepäck auf und ging zu den Aufzügen. Dort ließ ich den Blick noch einmal durch das Foyer schweifen, sah aber nur ein paar betrunkene finnische Touristen, einen auf Abholung wartenden Mann mit Aktenköfferchen und eine Putzfrau, die den Fußboden moppte. Auf den dunklen Steinplatten blieb ein gleichmäßiges feuchtes Muster zurück und die Wischbewegung setzte sich in gleichmäßigen Schlingen fort, eine endlos wiederholte Acht. Als ich den Aufzug betrat, erhaschte ich im Spiegel einen Blick auf eine Gestalt, die sich hinter einer Säule hervorschob. Die Aufzugtüren schlossen sich, bevor ich mich umdrehen konnte. Ich machte die Augen zu und versuchte, das Bild aufzurufen, das ich gerade gesehen hatte. Die Gestalt erschien mir dunkelblau und kraftvoll, der Oberkörper war dreieckig gewesen wie bei einem Gewichtheber.

Im Traum spielten Kinder über eine Straße hinweg Fußball.

Die Fahrbahn war schmal, hatte an beiden Seiten Fußwege, hinter denen kleine Etagen- und Reihenhäuser standen. Ein etwas größerer Junge, der besonders laut lärmte, kickte den Ball auf die andere Straßenseite. Die Kinder guckten flüchtig nach links und rechts, rannten dann über die Straße, die kleinsten sprangen hin und her, vergaßen, wo sie waren, und blieben auf der Fahrbahn stehen, balancierten auf einem Bein oder kratzten sich die nackten Waden.

»Ihr dürft nicht auf der Straße spielen. Da fahren Autos«, rief ich. Die Kinder sahen mich an, aber der größere Junge sagte: »Doch, wir spielen hier.«

»Wenn ich sage, ihr spielt nicht, dann spielt ihr nicht. Schreibt euch das hinter die Ohren«, sagte ich kalt und hart, in einem Tonfall, der jeden Erwachsenen dazu brachte, zu gehorchen und keine Fragen zu stellen, nicht einmal zu seufzen, um nur ja nicht als aufsässig zu gelten.

»Manche Leute fahren so schnell, womöglich kommt ihr unters Auto«, versuchte ich, freundlich zu sein und mein Verbot zu begründen.

Ich ging weiter und wusste, sobald ich um die Ecke bog, würde ich den trotzigen Ruf hören: »Und Brasilien schießt ein Tooor!« Der große Junge würde so hart schießen, wie er nur konnte, und alle würden über die Straße rennen, ohne auf den Verkehr zu achten.

Es kam mir vor, als wäre der Traum für kurze Zeit abgebrochen, doch dann kehrte er zurück und ging weiter.

»Wofür ich nicht alles sorgen und die Verantwortung tragen muss«, seufzte ich.

Ich lag auf der Erde, weiße Wolken zogen über den blauen Himmel und ich schaute von unten nach oben. Dann erschien über meiner Stirn das Gesicht eines Kindes, verkehrt herum, dann ein zweites quer, ein drittes richtig herum, ich merkte, dass ich in der Ausbuchtung eines Laufpfades auf einer Bauchmuskeltrainingsbank lag. Ich lag auf dem Rücken und ruhte mich von einer Reihe Sit-ups aus, ließ den Schweiß strömen und betrachtete den Himmel und die Baumwipfel. Eine Schar

Kinder umringte mich, und ich erkannte plötzlich, dass Aleksej und Korhonen und Kiurus Söhne dabei waren, auf dem Laufpfad standen Marja und ihr Opa Juho, außerdem Helena und Perttu und viele andere, die ich nicht kannte. Alle waren still und verwundert über meinen Ausbruch. Ihre Mienen sagten, stell dich nicht so an, ein großer Mann wie du, außerdem passen wir schon selbst auf uns auf.

»Wenn es doch nur so wäre«, rief ich verzweifelt.

»Ach Brüderchen, hast du denn keine Ahnung von der einfachsten Physik?«, begann Aleksej. »Wenn die Erde dich anzieht, dann ziehst du mit derselben Kraft die Erde an. Es ist ganz einfach, wenn man es versteht.«

DREIUNDZWANZIG

Man hatte mich angewiesen, gegen Mittag im Foyer zu warten, wo man mich abholen würde. Um Viertel vor zwölf zog ich die Zimmertür hinter mir zu, rüttelte prüfend an der Klinke und ging über den leicht geschwungenen Flur hundert Meter zum Aufzug.

Auf einem Sofa neben dem Etagencafé saß eine etwa fünfzigjährige Frau mit dünnen Haaren, rauchte und trank Bier. »Ja, ich komme aus Oulu. Aber meine Familie stammt ursprünglich aus Karelien«, eröffnete sie einem Paar, das identische T-Shirts trug, soweit ich das von hinten beurteilen konnte. Ich flüchtete mich in den Aufzug, bevor sie auf die Idee kamen, ihre einsame Geselligkeit mit mir zu teilen. Ich kannte diesen Touristentyp. Sie warteten brav auf die organisierten Ausflüge, wanderten während der restlichen Zeit in den sicheren Mauern ihres Hotels von einem Café zum anderen, wagten sich höchstens einmal in ein Chorkonzert oder in den Zirkus. Und zu Hause erzählten sie dann scheinbar bescheiden, die Aufführung sei nichts Besonderes gewesen, das Badezimmer im Hotel immerhin überraschend sauber, alle Kacheln an ihrem Platz, aber wenn man sich die Stromleitungen ansah, merkte man natürlich den Unterschied in der Bauqualität.

Auch in diesem Geschäft hatte ich mich versucht, ein paar Reisen nach St. Petersburg und Rundfahrten auf der Karelischen Landenge organisiert. Und hatte davon bald die Nase voll gehabt. Ich hatte die Reisegruppen hüten müssen wie Kindergartenkinder, auf dem Markt in Wiburg oder spätestens in Käkisalmi waren den Betrunkensten die Brieftasche und der Pass gestohlen worden und ich musste die Diebe aufspüren und bezahlen, um Karten und Papiere zurückzubekommen. Auch mein Profit verdünnisierte sich, weil ich mit Geld um mich werfen musste, damit der Bus überhaupt in die alten Dörfer fahren durfte, die die Reisenden sehen wollten, und nicht durch überraschend erfundene Inspektionen und alte Verbote aufgehalten wurde.

Ich stand im Foyer und wartete. Die Putzfrau hatte gewechselt, aber die neue vollführte die gleichen präzisen Wischbewegungen wie die gestrige. Eine Minute vor zwölf kam ein Bursche herein, der aussah wie ein Seebär in alten Abenteuerfilmen. Er trug eine hüftenge schwarze Hose und ein T-Shirt, hatte ein buntes Tuch um den Kopf gewickelt, und an einem Ohr baumelte ein kleiner Ring. Er kam direkt auf mich zu.

»Guten Tag«, sagte er höflich. »Der Wagen steht bereit.«

Der junge Seeräuber hielt mir zuvorkommend die Tür zum Fond eines dunkelblauen BMW auf, setzte sich ans Steuer und fuhr gewandt, plauderte dabei freundlich. Er sprach über die Hitze und die Fußball-WM und hörte erst auf, als wir anhielten: »Hierher sollte ich Sie bringen, bitte sehr. Zum Mittagessen.«

Das indische Restaurant lag am anderen Ende des Newski Prospekt, genauer gesagt einen halben Häuserblock nach Westen, gegenüber der Admiralität. Im Vestibül stand ein alter Mann im grauen Anzug bereit, um den Gästen die Mäntel abzunehmen, die bei diesem Wetter niemand trug. Die Kellner sahen außerordentlich russisch aus in ihrer indischen Kleidung und den spitzen Pantoffeln. »Sie werden erwartet.« Man führte mich an einen Tisch.

Mein Gastgeber stand zur Begrüßung auf. Er trug den dunklen Anzug eines Geschäftsmanns, dazu ein blau gestreiftes Hemd mit karierter Seidenkrawatte und eine kleine, eckige Brille. Seine Haare waren weißblond und auch seine Haut war hell, von der Sorte, die nicht braun wurde, sondern in der Sonne rötlich verbrannte und dann eine leicht gelbliche Färbung annahm. Der helle Teint und das glatte Kinn ließen sein Gesicht kindlich erscheinen. Ich machte mir nicht die Mühe, sein Alter zu schätzen, wusste aber, dass er jünger war als ich.

»Guten Tag, Viktor Nikolajewitsch. Du hast sicher nichts dagegen, dass wir uns duzen. Ich bin Kutuzow«, sagte er würdevoll und ließ seinen eigenen Vatersnamen unter den Tisch fallen.

Er studierte die Speisekarte und schlug vor, Salat, Chicken Tandoor und Naan-Brot zu bestellen, dazu Bier. Ich nickte.

»Also dann«, seufzte Kutuzow, nachdem er die Bestellung aufgegeben hatte. »Ich will keine Zeit verschwenden. Nicht deine, nicht meine und auch nicht die der Personen, die du hier treffen möchtest. Erzähl mir also ein wenig über dich und darüber, was du wissen willst.«

Ich sah den jungen Mann an, der mir seinerseits direkt in die Augen blickte. Er warf seinen dünnen Pony mit einer Kopfbewegung zur Seite, achtete aber darauf, den Blickkontakt sofort wiederherzustellen. Ich hatte den Eindruck, dass er sich dazu anhielt, ruhig und ausgeglichen zu sein, im Terminkalender war gerade jetzt Zeit für mich reserviert, und darauf musste er sich konzentrieren, allein darauf. Nur das Zucken seines Fingers verriet, dass er lieber weitergeeilt wäre. Ich überlegte, auf welcher Ebene er stand. Irgendein hochrangiger Berater vielleicht; mit seiner Muskelkraft operierte er jedenfalls nicht.

Ich wusste, dass ich auf die Gunst meiner Gastgeber angewiesen war. Sie hatten mir den Zuhörer geschickt, den sie für angebracht hielten, und wie es weiterging, würde von mir abhängen und davon, was der Weißblonde über mich berichtete. Ich begann zu erzählen.

Ich erwachte mit dem Gefühl, gut und friedlich geschlafen zu haben, obwohl es im Zimmer heiß war. Ich hätte das Fenster über Nacht offen gelassen, wenn ich nicht gewusst hätte, dass es in St. Petersburg, merkwürdig für eine Großstadt, Mücken gab. Ich hatte oft genug wach gelegen und ihre Angriffe abgewehrt.

Der Speisesaal, in dem das Frühstück serviert wurde, war einen halben Hektar groß. Auf der Bühne zupfte eine Frau zur Unterhaltung der Gäste an einer Harfe.

Da ich keine Lust hatte, meine Zeit in der Stadt totzuschlagen, ging ich nach dem Frühstück zurück in mein Zimmer, legte mich aufs Bett, blätterte in einem Buch und zappte durch die Fernsehprogramme, bestaunte die Werbesendungen und die russifizierten internationalen Programmformate.

Kutuzow hatte mir eine Adresse genannt. Er hatte mir aufgetragen oder eher vorgeschlagen, gegen elf Uhr dort zu sein. Auch ein Auto hatte er mir angeboten, doch ich hatte dankend abgelehnt. Mit der Metro kam ich bequem ans Ziel, die Station war gleich neben dem Hotel.

Bei dem Tantchen am Schalter kaufte ich eine Handvoll Metromarken und fuhr mit der steilen Rolltreppe nach unten. Wenigstens die Metro war noch so wie früher. Die Züge rumpelten fast pünktlich in die Station, zischende Druckluft ließ die Türen aufschießen, Menschen quollen heraus, andere zwängten sich in den Wagen.

Der Lautsprecher ließ nur Fragmente der leisen Ansagen durch, aber mir waren die Stationen auch so geläufig. Ich hielt mich an einer Stange fest, schaukelte zwei Haltestellen weit, wechselte dann die Linie, ging durch gekachelte Gänge zur Parallelstation und stieg nach zwanzig Sekunden Wartezeit in die nächste Bahn.

Bei der Spezialausbildung der Armee hatten wir vor allem geübt, wie man sich im Gelände bewegt. Man hatte uns beigebracht, wie man in der Wildnis überlebt und im Wald Verfolger abhängt. Stadttraining hatte ich erst erhalten, als ich zur Geheimdienstausbildung gewählt wurde. Nach dem Unterricht beschatteten wir uns zuerst gegenseitig, später gab man uns das Foto irgendeines Bürgers, dazu seine Adresse oder die seines Arbeitsplatzes und den Befehl, die Person zu observieren. Ich erinnerte mich, wie ich einen Universitätsangestellten verfolgt und mit Bleistift notiert hatte, dass das Objekt von 14.32 Uhr bis 15.11 Uhr in der Bibliothek gelesen hatte, obwohl ich eigentlich hätte schreiben müssen, dass der kleine Mann apathisch im Lesesaal gesessen, über das Buch hinweg ins Leere geschaut und nicht ein einziges Mal umgeblättert hatte. In kurzen, präzisen Sätzen berichtete ich, dass der Observierte ein Musikgeschäft aufgesucht, danach Brot gekauft und den ganzen Abend in seiner Wohnung verbracht hatte, wo um 22.15 Uhr das Licht gelöscht worden war. Ich hatte die Observation um 22.45 Uhr beendet. Und ich hatte nie erfahren, ob das Objekt zufällig ausgesucht worden war oder ob es irgendeine Notwendigkeit oder einen Grund für die Beschattung gab.

Bei der Geheimdienstausbildung hatten wir auch gelernt, wie man sich selbst gegen Beschattung schützte. Menschenmassen, überfüllte Verkehrsmittel und Bahnhöfe waren empfehlenswert. Da ich reichlich Zeit hatte, zog ich ein paar unbestimmte große Kreise, umrundete die Verkaufsbuden und wartete hinter einer Säule, um zu sehen, ob mir jemand folgte. Menschen hasteten eilig vorbei. Niemand schien ein besonderes Interesse an mir zu haben.

Ich ging hinauf auf die Straße und blieb mehrere Minuten vor den Schaufenstern stehen. Nach einer Weile wurde mir bewusst, dass ich die Preise des Handyzubehörs zuerst von Rubeln in Euro umrechnete und dann auch noch in Finnmark. Aleksej würde sich über meine minimalen mathematischen Fähigkeiten lustig machen und weitere, komplizierte Währungen im Kopf ausrechnen. Was mochte Aleksej gerade tun, überlegte ich. Und mein Bauarbeiterteam. Und Korhonen. Und Marja.

Konzentrier dich, rief ich mich zur Ordnung. Das Leben kann schnell vorbei sein, wenn man seinen Träumen nachhängt. Man kann zum Beispiel unters Auto kommen.

Ich spazierte die Straße entlang und suchte nach der Hausnummer, die Kutuzow mir genannt hatte, ging aber an dem Gebäude vorbei und warf nur einen Blick auf die Hauseinfahrt und die schmutzigen Fenster im Erdgeschoss, deren morsche Rahmen zerbröckelten. Ich blieb eine Weile an der nächsten Hausecke stehen und betrachtete den kleinen Park zwischen den neueren Häusern gegenüber. Die Schaukeln und Klettergerüste waren bereits verbogen, aber die Bänke standen noch an ihrem Platz. Einige alte Männer saßen im Schatten, eine junge Mutter schaukelte einen Kinderwagen, eine Katze strich durch den Park und rieb sich an einer Tonne, die vergessen vor einem der Häuser stand.

Ich kehrte um, ging durch die Einfahrt in den Hof und weiter durch die Hintertür ins Treppenhaus. So lauteten meine Anweisungen. Am Fuß der Steintreppe blieb ich stehen. Das Haus war irgendwann einmal schön und gediegen gewesen. Der Lack am Geländer hatte seinen Glanz verloren und die Treppenstufen waren abgetreten, doch das Muster der sorgsam ausgewählten Steine war noch zu erkennen. Ich schloss die Augen und versuchte, mir bildlich vorzustellen, was ich beim Hereinkommen gesehen hatte. Ich war aus dem hellen Tageslicht ins Zwielicht getreten, aus hartem Gelb in eine fast violette Dämmerung. Ich wusste, dass mein Blick draußen eine vorbeihuschende blaue Gestalt eingefangen hatte. Dasselbe blaue Dreieck, das ich im Hotelfoyer zu sehen geglaubt hatte, schwebte auch jetzt durch mein visuelles Gedächtnis.

Im Treppenhaus gab es nichts, wohinter man sich verstecken konnte. Die zur Straße führende Haustür, oder besser gesagt die Türöffnung, war mit zwei Spanplatten verschlossen. Am unteren Treppenabsatz waren zwei mit rotem Kunstleder gepolsterte Wohnungstüren, doch ich hatte nicht die Absicht, dort zu klingeln. Die Türen waren glatt und hatten keine Klinken, die einzigen Erhebungen waren die Metallnieten der Polsterung. Diese Türen öffneten sich nur Gästen, die erwartet wurden.

Ich nahm drei Stufen auf einmal und rannte hinauf in die erste und weiter in die zweite Etage. Die Treppenabsätze waren leer, von jedem gingen zwei gleichartige, geschlossene Türen ab. Kutuzow hatte mir gesagt, ich solle in den dritten, den obersten Stock kommen. Ich blieb im zweiten.

Ich hörte das leise Zischen der Hintertür und stellte mir vor, wie jemand die Tür festhielt und langsam schloss, ich spürte einen leisen Luftzug im Treppenhaus. Jemand kam mit leisen Schritten in den ersten Stock hinauf, ging etwas mutiger weiter. Ich hockte hinter den gusseisernen Streben des Geländers und sah einen jungen Mann in einer dunkelblauen Adidas-Trainingsjacke. Er wirkte wie ein Turner oder Zirkusakrobat. Seine Schultern waren so breit, dass sich die Trainingsjacke an den Seiten nach oben zog, der Oberkörper schien wie ein Dreieck auf dem schlanken Unterkörper zu stehen. Der Mann schlich die Treppe hinauf wie eine Raubkatze.

Beim idealen Überraschungsangriff wirkt man auf alle Sinne ein. Als der Mann sich auf dem Treppenabsatz umdrehte, um die nächsten Stufen hinaufzusteigen, nahm ich zwei Schritte Anlauf und sprang. Ich flog hoch durch die Luft, stieß ein tierisches Gebrüll aus, scherte die Beine und schwenkte die Arme wie als Kind, wenn wir in einem Sandhaufen Weitsprung übten und dabei riefen: »Als Nächster Igor Ter-Ovanesian, Union der Sozialistischen Sowjetrepubliken.«

Während meines Fluges durchzuckte mich Angst, die Erinnerung an das Geräusch, als ich beim Krafttraining auf einem Bein Kniebeugen gemacht und das Knie nachgegeben hatte. Im Schnelldurchlauf zog ein Film an mir vorbei, der mit Ton- und Geruchseffekten versehen war, der Äthergeruch bei der Narkose, die Kühle des gekachelten Operationssaals und das Klappern der Instrumente, während der Orthopäde der Sportklinik darauf wartete, dass ich das Bewusstsein verlor, und zwischen dem Mundschutz und der weißen Kappe nur seine traurigen grauen Augen zu sehen waren.

Ich schaffte es, die Beine nach vorn zu strecken, und traf den Adidas-Mann frontal am Brustkorb. Er flog auf den Treppenabsatz, hatte aber noch Zeit, den Körper zu beugen, landete auf der Hüfte und versuchte, die Bewegungsenergie in einen halben Salto rückwärts umzusetzen, um auf den

Füßen und in Kampfstellung zu landen. Ich legte eine saubere Landung hin und sprang den Mann an.

Ich warf ihn mit meiner Masse zu Boden, zog seinen einen Arm gestreckt unter meinen Körper und sicherte den Griff, indem ich meine rechte Hand umfasste, deren Finger ich mit leichtem Druck um den Adamsapfel des Mannes presste.

»Vielleicht überlegst du dir gerade, dass deine andere Hand frei ist und dass du versuchen könntest, deine Knarre oder dein Messer oder was auch immer aus der Tasche zu ziehen. Oder dich mit irgendeinem Kunstgriff zu befreien. Ich habe zwar eine Pistole in der Hosentasche, aber ich bekäme sie sicher nicht schnell genug in die Hand. Aber andererseits ist dein Kehlkopf zwischen meinen Fingern und ich habe ziemlich kräftige Finger. Mit etwas Glück kannst du mich abwerfen, aber ich glaube nicht, dass du je wieder sprechen könntest. Und ob du noch atmest, wäre zumindest ungewiss. Im Eifer des Gefechts werden meine Hände manchmal etwas ungeschickt. Also sag mir, Halunke: Meinst du, du bist ein Glückspilz?«

Der Mann klopfte mit der freien Hand auf den Boden, die Geste, mit der Judokas ihre Niederlage anerkennen. Ich lockerte meinen Griff ganz langsam und stand vorsichtig auf, sprungbereit. Mit der rechten Hand zog ich die Pistole aus dem Hosenbund. Der Adidas-Mann kam ebenfalls auf die Beine, richtete sich langsam auf und hielt die Hände so, dass ich sie sehen konnte.

»Du bist ausgesprochen geschickt, das muss ich sagen«, wurde mir vom oberen Treppenabsatz Anerkennung gezollt. Ich sah vorsichtig in die Richtung, aus der die Stimme kam. Ein großer, dunkelhaariger Mann, um die fünfzig, lächelte mit schräg gelegtem Kopf. »Kommt rauf, Jungs! Jewgeni hast du ja schon kennengelernt, Viktor. Er ist einer von uns, sollte auf dich aufpassen. Ein fairer Kampf, auch wenn die Gewichtsklassen nicht übereinstimmen. Aber jetzt versöhnt euch«, sagte er freundlich.

Jewgeni und ich gaben uns die Hand. Er versuchte, seinen Namen zu sagen, aber die Folgen meines Zangengriffs waren noch zu spüren. Ich lächelte und entschuldigte mich.

Der gut gelaunte Mann von oben winkte uns herauf. Ich ging die Treppe hoch und grüßte ihn.

»Ich weiß, wer du bist. Mich kannst du Onkel nennen, das tun alle, obwohl ich mit niemandem verwandt bin«, sagte er und presste seine Handflächen vor dem Brustkorb gegeneinander. »Aber jetzt hinein, der Chef wartet.«

Wir traten durch die gepolsterte Tür. Der erste Raum war ein weiß gestrichener großer Saal. Vor den Fenstern stand ein moderner Bürotisch, an dem eine Frau in mittleren Jahren am Computer schrieb. Sie nickte mir grüßend zu, vertiefte sich dann aber wieder in ihre Arbeit. Auf dem Tisch lagen Papiere, daneben stand ein großes Telefon, die Bürozentrale. Ein Regal mit Aktenordnern, ein Sofa und ein niedriger Tisch waren die einzigen weiteren Möbelstücke. Onkel führte mich weiter und öffnete die Doppeltür zum nächsten Raum.

»Herzlich willkommen in unserem Hauptquartier, Viktor Nikolajewitsch«, überraschte mich eine bekannte Stimme. Kutuzow stand auf und kam mit ausgestreckter Hand auf mich zu. Er brauchte lange, um seinen Nussbaumschreibtisch zu umrunden, der die Ausmaße eines Hubschrauberlandeplatzes hatte. »Wir haben gerade die Sitzung der Kasse beendet. So kannst du gleich die Herren kennenlernen, wir haben auch über dich und dein Anliegen gesprochen«, sagte Kutuzow freundlich und warf mit einer Kopfbewegung den Pony aus der Stirn.

Aus den Sesseln erhoben sich fünf Männer in korrekten Anzügen, schüttelten mir der Reihe nach die Hand, nickten und sahen mir in die Augen, sagten aber kein Wort. Sie waren unterschiedlich in Größe und Aussehen, aber ausnahmslos älter als Kutuzow, Russen, und alle hatten die gleichen kalten Augen. Ich wusste, dass die Männer, die das Zimmer verließen, Milliarden Rubel besaßen.

VIERUNDZWANZIG

Adidas-Jewgeni presste die Pistole an den Hinterkopf des Pizzeria-Besitzers. Die Hände des Gastronomen zitterten, als er nach dem richtigen Schlüssel suchte, das ganze Bund fiel klappernd auf den Boden. Mir war zum Lachen, doch ich fror mein Lächeln ein und schnappte mir die Schlüssel.

»Ich mach das schon, du Tölpel«, schnauzte ich den Alten an. Er zitterte noch heftiger. Ich schloss den kleinen Safe auf, griff mir ein Bündel Rubelscheine und zählte hunderttausend ab. »So wenig Schulden und so viel Umstände. Hat sich das etwa gelohnt?«, fragte ich.

»Nein, nein, nein, natürlich hatte ich vor, zu zahlen. Aber dann ist eine große Lieferung Schinken gekommen, und Gemüse musste ich auch kaufen ... Es hat sich nur ein wenig verzögert«, erklärte der Restaurantbesitzer.

»Ja, ja, und du hattest ganz vergessen, dass ein paar Millionen im Safe rumliegen. Na, einigen wir uns darauf, dass du ab sofort pünktlich zahlst«, brummte ich und verließ mich darauf, dass mein unbekanntes Gesicht die einschüchternde Wirkung unseres Auftritts noch verstärkte.

Jewgeni, oder Genja, wie ich ihn mittlerweile nannte, ließ den Hemdkragen des Mannes los und der Kerl sackte auf die Knie. Wir ließen ihn in seinem Büro zurück, gingen durch die Küche und das mit karierten Tischtüchern auf Italienisch getrimmte Restaurant. Wir benahmen uns anständig, spuckten nicht in die Salatschüsseln und warfen keine Garderobenständer um. Wir erledigten nur Geschäftliches, für Zerstörung waren wir nicht zuständig.

Genja gehörte zu Onkels Mannschaft. Er war eine Art übergeordneter Außendienstler, vermutete ich, obwohl man mir die Organisationsstruktur des Verbrechenskompetenzzentrums nicht erläutert hatte. Kutuzow hatte Onkel vorgeschlagen, dass ich ein paar Tage in dessen Mannschaft arbeiten sollte. Es würde ohnehin eine Weile dauern, bevor meine Angelegenheit geklärt war.

Ich hatte mir zusammengereimt, dass Kutuzow die St. Petersburger Gemeinschaftskasse organisierte oder leitete, an die die verschiedenen Gruppierungen ihre Anteile zahlten. Kutuzow seinerseits sorgte dafür, dass die Mannschaften der ernsten Männer, die ich bei ihm angetroffen hatte, sich nicht gegenseitig bekämpften, sondern ihre Tätigkeitsbereiche so aufteilten, dass jeder zu seinem Recht kam. Hinzu kamen natürlich die gesellschaftlichen Kontakte, die allgemeine Weiterentwicklung der Tätigkeit, hatte Kutuzow selbst seinen Aufgabenbereich umrissen. In diesem Moment hatte ich das Gefühl gehabt, dass die Klimaanlage in seinem Büro allzu effektiv arbeitete. Ich fror, als ich ihn reden hörte, den Mann mit dem Kindergesicht und der leisen Stimme.

Also blieb ich in St. Petersburg und wartete, während die von Kutuzow befehligten Gangsterbosse ihre eigenen Spezialisten ausschickten, um herauszufinden, wer mit seiner tödlichen Ware den Heroinmarkt in Helsinki aufmischte.

Genja nahm mich fügsam mit. Anfangs schwieg er ehrerbietig, doch allmählich legte sich seine Befangenheit. Eigentlich waren die Tage, die ich mit ihm verbrachte, eine angenehme, sorglose Zeit. Wir kassierten Schutzgelder ein, belieferten Kioske mit CDs und statteten eine Busladung

Omas und Opas für eine Reise nach Finnland aus. Jedes dieser Maultiere schleppte die erlaubte Höchstmenge an Zigaretten und Schnaps zu den Flohmarktverkäufern und brachte auf dem Rückweg steuerfreie Waren mit. An einem Morgen fuhren wir mit einem Kleintransporter nach Süden in Richtung Tosno, hielten an einer Tankstelle, und ein Brummifahrer öffnete seinen TIR-versiegelten Container. Wir holten Kartons mit DVD-Geräten und Verstärkern heraus, so viele in unseren Wagen passten, und dann verplombte Genja den Container neu.

Ich beklagte mich bei Genja über meinen Rücken, dem das regelmäßige Konditionstraining fehlte, und er brachte mich in einen privaten Kraftsportclub, der natürlich Fitness Center Neva hieß, denn schließlich nannte man ja auch das Übungsprogramm circuit training. Genja erzählte, dass er Eishockey gespielt, dabei aber eine schwere Knieverletzung davongetragen hatte. Im Dampfbad verglichen wir unsere Operationsnarben und die Menge an Metall, die wir im Bein trugen, wir prahlten um die Wette damit, wie die Metalldetektoren aufheulten, wenn wir durch die Kontrolle gingen.

Am Abend setzte Genja mich am Hotel ab. Ich machte noch einen Spaziergang in die Stadt, fuhr mit der Metro auf die Wassilij-Insel und staunte darüber, wie sie sich verändert hatte, bewunderte die sauber gepflasterten Straßen und die Cafés. Dann begab ich mich wieder in den Untergrund und fuhr weiter nach Primorskaja. Ich betrachtete das Hochhaus, in dem man mir nach dem Studium eine Wohnung zugewiesen hatte und das mir damals so prachtvoll erschienen war. Mein Blick war wohlwollend, doch ich sah, dass einige Fenster zerbrochen und mit Holzplatten geflickt waren und dass die Wände mit Worten und Symbolen beschmiert waren.

Ich wusste und spürte, dass ich nur zu leicht in dieses Leben hineingleiten konnte. Arbeiten, ohne Fragen zu stellen, sich keine Sorgen machen und nicht zu viel nachdenken. Sich wie zu Hause fühlen.

»Fühlst du dich wohl hier, Vitja? Wir sind jedenfalls sehr zufrieden mit dir.« Kutuzow wartete nicht auf meine Antwort. Er goss Tee ein. Ich brauchte die Tasse nicht umzudrehen, um zu wissen, dass es Lomonossow-Porzellan war.

Wir waren mit Genja bei Onkel in einer alten Wohnung auf der Wassilij-Insel. Die nachträglich eingezogenen Zwischenwände waren entfernt und die zugemauerten Türöffnungen aufgeschlagen worden; die Wohnung hatte wieder ihre ursprüngliche Größe, doch von ihrem ursprünglichen Zustand war sie noch weit entfernt.

»Eile mit Weile. Eines Tages ist das eine Prachtwohnung.« Onkel hatte mich herumgeführt, mir stolz den imposanten Kamin und die goldgerahmten Spiegel gezeigt, die Lücken im Parkett und die abgerissenen Tapeten großzügig übersehen. Als Kutuzow kam und sagte, er wolle mit mir reden, zogen sich Onkel und Genja in ein Nebenzimmer zurück.

»Die Angelegenheiten in Finnland werden geklärt. Ich stehe zu meinem Wort. Aber du könntest doch hierbleiben und für mich arbeiten. Direkt für mich, nicht für Onkel«, bot mir Kutuzow Tee und Arbeit an. »Ich bin ein Mann der neuen Generation. Hier werden Kräfte gebraucht, die einen Wandel schaffen. Russland braucht diese Kräfte«, sagte er ernsthaft. »Die Räder müssen sich wieder drehen, ohne Reibung. Unser Land ist verfallen, aber es hat Kraft, Reichtümer und Know-how.«

Und hundert Millionen Plumpsklos, hätte ich beinahe eingeworfen, doch ich zügelte mich. »Aber ehrlich gesagt, ihr, ich meine, wir beteiligen uns doch an der Kriminalität in diesem Land. Entschuldige die Wortwahl, aber so ist es doch«, wagte ich mich vor.

Kutuzow lächelte so sanft und onkelhaft, wie es ein Mann mit dem Gesicht eines Kinderstars nur kann.

»Du hast recht. Aber das ist nur ein vorübergehender Zustand. Wir beschaffen uns das Startkapital. Und wessen Wohlstand wird dadurch geschmälert? In Bulgarien wird die CD eines amerikanischen Rockstars kopiert, wir verkaufen die Kopien an die Leute hier oder an Touristen oder bringen sie in Deutschland oder Finnland auf den Markt. Wer profitiert, wer leidet? Wir liefern irgendeinem jämmerlichen Fixer in Dänemark Heroin. Das ist traurig, aber unumgänglich. Warum sollen wir nicht daran verdienen?«

Ich war nicht gewillt und auch nicht fähig, zu moralisieren, eine Zwiebel zu häuten, bei der unter jeder Schale eine neue Richtig-falsch-Konstellation zum Vorschein kam, die einen immer wieder zum Weinen brachte. Ich überlegte, ob ich es wagen konnte, mich zu wehren und zu sagen, dass ich keine Waffen schwingen und mich nicht an Bluttaten beteiligen wollte.

»Du denkst vielleicht daran, dass du kein Killer sein willst, nicht bedrohen und nicht schießen magst«, las Kutuzow meine Gedanken. »Ich versuche, die Menschen in dem Bereich einzusetzen, in dem sie gut sind. Nutze die Stärken, verberge die Schwächen, das ist eine weise alte Strategie. Ich weiß von deiner Offiziersausbildung, kenne die Berichte, die Zeugnisse, alles. Du könntest dich zum Beispiel mit der Sicherheit westlicher Firmen befassen, die sich hier niederlassen, konsultieren, beraten, Kontakte organisieren. Wie Oleg, dein Onkel. Aber er ist schon ein alter Mann. Ich suche Männer der Zukunft.«

Kutuzow sah mich an wie mein Lehrer in der Primarschule, dessen Augen fanatisch glänzten, wenn er über die Helden der Elektrifizierung und die Erbauer der BAM-Strecke sprach.

»Wir geben Russland eine Zukunft. Heute bedeutet das Reichtum für einige wenige, feine Villen und Whirlpools. Aber die bauen wir hier, in Russland. Und hier investieren wir unseren Profit. In dieses Land. Wir bauen eine ganz neue Infrastruktur, Fabriken, Schulen, Krankenhäuser und eine Zukunft für das ganze Volk. Das braucht seine Zeit, aber es wird geschehen. Und du hast die Chance, dabei zu sein.«

Kutuzow genierte sich nicht für den pathetischen Stil. Er lächelte und betonte jedes Wort, als er hinzufügte:

»Überleg es dir. Wir glauben, dass hier die Zukunft liegt. Du wirst bemerkt haben, dass sich schon jetzt überall in dieser Stadt etwas verändert hat. Sicher ist dir auch aufgefallen, dass wir die Stadt von Tschetschenen und Dagestanern und sonstigen Schlitzaugen gesäubert haben. In Moskau feiern sie noch, aber nicht mehr lange. Und in Grosny oder sonst wo werden sie auch nicht mehr lange feiern.«

Kutuzow nickte knapp und ging. Ich fragte mich, warum er mir all das anbot, mir, einem Finnen.

FÜNFUNDZWANZIG

»Du brauchst nicht zufällig Somatropin oder irgendwelchen anderen Mist?« Genja öffnete eine Schachtel und schwenkte ein paar Ampullen in der Hand. Er stapelte Schachteln auf das Stahlregal, versuchte, Tuben und Pillenschachteln zu ordnen. »Viagra und Mittel gegen Haarausfall gibt's auch. Und Mobilat und Voltaren, falls dir die Muskeln noch wehtun.«

»Kein Bedarf. Ich bin genau an den richtigen Stellen hart, und die Haare wachsen auch noch«, versicherte ich.

»Na ja, die Dinger kann auch ein gesunder Mann unbesorgt einnehmen. Die Pillen enthalten Kalk oder irgendeine Zuckermischung. Und Novartis haben sie nicht mal von Weitem gesehen. Aber sie verkaufen sich wie nur was. Vor allem bei diesen Muskelprotzen. Wenn man denen in schlechtem Englisch ins Ohr flüstert, hormone, hormone, strong muscle, dann kaufen sie und zahlen dir, was du willst. Wenn sie echte Hormone kriegen, sind die aus der Hypophyse toter Junkies destilliert. So was würde ich nie schlucken, pfui Deibel!«

Genja schüttelte sich vor Ekel.

Ich fühlte mich in dieser Halle nicht besonders wohl. Ich drängte Genja, die Sachen zu suchen, die wir aus dem Lager holen sollten, statt den Pharmazeuten zu spielen. Und mich selbst erinnerte ich daran, dass die finnische Zentralkripo und ihre Dopingermittlungen weit weg waren und dass ich dabei nichts zu verheimlichen hatte. Jedenfalls nicht viel. Und nach den Mittelchen, die hier lagen, hatte mich niemand gefragt. Ich zwang meine Gedanken aus dem Zirkelschluss heraus.

Wir kippten die Rückbank in Genjas Volvo Kombi nach vorn und füllten den Kofferraum mit länglichen CD-Packungen und Kartons voller Zigarettenstangen.

»Die kriegen wir heutzutage auch am billigsten aus China. Die Personalkosten – da kann die einheimische Produktion nicht mithalten«, klärte Genja mich auf. »Auf den russischen Markt kommen diese schlechteren überhaupt nicht, nur nach Wiburg. Und die Brummifahrer bringen sie nach Finnland. Ein fürchterliches Gift. Rauch steigt auf, das ja, aber sie schmecken nach Scheiße.«

Genja schob die schief in den Angeln hängende Doppeltür des Lagers zu und drehte den Schlüssel im kiloschweren Vorhängeschloss. Die Lagerhalle war aus grauen Ziegelsteinen gemauert, der rote Lack an den Holztüren war abgeblättert, über den Türen lag eine Reihe kleiner Fenster. Etwa zwanzig ähnliche Lagerhallen reihten sich aneinander. Drei Hallen weiter wurden auf dem Hof die Reifen eines Toyota gewechselt. Der Wagen stand auf einer Hebebühne und ein Mann im Overall schoss mit Druckluft die Bolzen auf.

»Hier sind ein paar kleine Firmen. Aber hauptsächlich Lager«, erklärte Genja.

»Hat Onkel noch andere Lagerstätten?«, fragte ich. »Das heißt, eigentlich geht es mich ja nichts an.«

»Du sagst es«, versetzte Genja.

Die Ampel sprang kurz auf Rot und begann dann gelb zu blinken. Auf der Straße standen zwei Milizionäre mit Stablampen. Der eine sprach in sein Funkgerät. Wir warteten im

Volvo. Die Luft flimmerte vor Hitze, der Asphalt strahlte Wärme ab und die stehende Autoschlange stieß blaugraue Abgasschwaden aus. Genja wurde ungeduldig, lenkte den Wagen halb auf den Bürgersteig und rollte langsam auf die Kreuzung zu.

»Was machst du da? Wir haben den Kofferraum voll mit illegalen Waren, und du fährst der Miliz direkt vor die Füße«, protestierte ich.

»Nicht nervös werden, Vituscha. Manche Paragrafen braucht man nicht so ernst zu nehmen. Für uns gilt das hier nicht. Und die Jungs da vorne wissen es«, sagte Genja. Er fuhr weiter, bog nach rechts ab. Hinter uns hatte sich eine Schlange von mehreren hundert Metern Länge gebildet, ebenso auf der Gegenspur, aber in unserer Fahrtrichtung war die Straße frei. Die Milizionäre beobachteten uns mit ausdrucksloser Miene. Genja grüßte schlapp, indem er zwei Finger vom Lenkrad hob, beschleunigte dann gleichmäßig.

An der nächsten Kreuzung fuhren wir auf dieselbe Art an der Schlange vorbei. Ich erhaschte einen Blick auf die Autokolonne, die einen Block vor uns in dieselbe Richtung fuhr. Schwarze Wagen dicht an dicht, mit blinkendem Blaulicht, und in der Mitte zwei große Mercedes.

»Wer sitzt da wohl drin? Irgendein Staatsbesuch oder ein hiesiges hohes Tier?«, fragte ich.

»Keine Ahnung. Interessiert mich auch nicht.« Genja verzog den Mund und machte einen Bogen um einen tief abgesunkenen Gulli. »Gott ist hier, der Zar ist weit weg, sagt das Sprichwort. Die da vorn haben ihre eigenen Wege, und wir fahren den unseren.«

Er bog in die Straße ein, die an der Fontanka entlangführt. Hinter uns versuchten die gestauten Autos, in Gang zu kommen, ungeduldig wie eingepferchtes Vieh.

»Wo, zum Teufel, treibst du dich rum, du Schlawiner«, brüllte Korhonen am Telefon.

»Ich bin in St. Petersburg. Und zwar in unser beider Interesse, um unser Problem zu klären«, antwortete ich sachlich.

»Ach ja, und dabei wird das Problem immer größer. Hier tobt die Pest oder was weiß ich für ein Schwarzer Tod. Ich meine nicht dieses Superheroin. Irgendwer geht die Dealer und Junkies durch, drei sind schon tot. Zweimal Genickschuss, dem dritten haben sie den Schädel eingeschlagen. Nicht dass ich denen besonders nachtrauere, die waren nicht unbedingt Bürger erster Klasse, aber ich sollte doch verdammt noch mal halbwegs wissen, was in meiner Stadt vorgeht«, setzte Korhonen seine Tirade fort.

»Also, ich hab damit nichts zu tun, aber ich habe eine leise Ahnung, worum es geht«, sagte ich.

Es lief mir kalt den Rücken herunter, als mir klar wurde, dass die Petersburger Banden eine gründliche Untersuchung eingeleitet hatten. Auf meine Veranlassung.

»Ich melde mich, sobald ich mehr weiß«, versuchte ich, das Gespräch zu beenden. »Wie geht's sonst? Die Hitzewelle nimmt kein Ende. Und das Liebesleben?«

Korhonen blieb nur drei Sekunden stumm. »Pass du nur auf, dass dein eigener Schwanz in der Hose bleibt, Kärppä. Und zwar in deiner. Wenn ich mich über intimere Momente unterhalten möchte, schicke ich eine Nachricht auf die Website von *Mein Baby und ich,* unter dem Pseudonym Experimentierfreudiger Lockenkopf aus Südfinnland. Bis die Tage.« Damit beendete er das Gespräch.

Ich steckte das Handy in die Hemdtasche.

»Entschuldige die Unterbrechung«, sagte ich.

»Worum ging es denn?«, fragte Kutuzow.

»Eine Nachfrage aus Finnland, ob ich schon etwas herausgefunden habe«, erwiderte ich fast aufrichtig.

»Dann kam der Anruf ein paar Minuten zu früh, bald hättest du etwas zu berichten gehabt. Aber sag mir erst mal, ob du über meinen Vorschlag nachgedacht hast.« Kutuzow setzte sich an seinen Schreibtisch und drehte einen Stift zwischen den Fingern.

»Ja, das habe ich.« Ich bemühte mich, respektvoll zu sprechen. »Aber ich würde doch lieber nach Helsinki zurückkehren, zu meinem eigenen kleinen Leben. Vielleicht werde ich langsam alt, ich weiß es nicht, aber irgendwie gelingt es mir nicht mehr, so unternehmungslustig zu sein, nach Großem zu streben.«

Kutuzow sah mich an, er wirkte weder enttäuscht noch überrascht. »In Ordnung. Dann bist du ab jetzt auf dich gestellt ...«

»Und die eigentliche Angelegenheit? Das Superheroin?«, wagte ich nachzuhaken.

»Aah ...«, Kutuzow suchte nach der passenden Metapher und hob die Hand zum Stoi-Zeichen. »Das Geschäft ist jetzt gestoppt.«

Er lehnte sich gemächlich im Stuhl zurück, bevor er fortfuhr: »Schau, wir haben unsere Informationen addiert: das, was wir hier, jeder in seinem Sektor, schon wussten, was du uns berichtet hast und dazu dann die Ermittlungen von Nazarjan und Gerasimow. Wenn die ein bisschen klopfen, beginnen die Krumen herunterzufallen. Du kennst sie ja schon, wie ich gehört habe, aus alten Zeiten. Sie stehen nicht auf meiner Gehaltsliste, aber jetzt haben wir ja unsere Kräfte vereint ...«, holte Kutuzow aus. Er sah mir an, wie ungeduldig ich war, und kam zur Sache.

»Die Dealerkette war in deiner allernächsten Umgebung

aktiv. Kein Wunder, dass auch du unter Verdacht geraten bist. Aber sie ist jetzt abgeschnitten und ein paar Glieder sind zerschmettert. Und der Kopf des Ganzen ... Der Vogelmann. Die Lerche. Der Sohn deines Arbeiters. Wie heißt Lerche auf Finnisch, warte mal ... Khjuru.« Kutuzow brach sich fast die Zunge ab.

»Kiuru«, bestätigte ich.

»Du hattest ihn also auch schon in Verdacht. Wir haben heute Abend eine Sitzung, auf der wir uns über die weiteren Maßnahmen gegen diesen Vogelmann einigen.«

Ich nickte.

Es war nicht schwer zu erraten, welches Urteil die Bosse verhängen würden. Und Einspruch war nicht möglich.

SECHSUNDZWANZIG

Ich legte mich auf das Hotelbett, schloss die Augen, pumpte die Lunge voll und ließ die Luft langsam entweichen. Ich wiederholte die Entspannungsübung, leerte meinen Kopf, versuchte, mich zu beruhigen. Dann konzentrierte ich mich darauf nachzudenken. Ich wusste, was getan werden musste und in welcher Reihenfolge. Als Erstes musste Matti Kiuru in Sicherheit gebracht werden. Sofern er noch lebte. Ich konnte es kaum glauben, als sein Vater Antti am Telefon sagte: »Matti? Der liegt im Bett, ich glaube, er schläft noch.«

Ich klopfte ungeduldig auf die Tagesdecke und betrachtete den Verkehr auf der Uferstraße, der nie abriss. Am Telefon hörte ich Schritte in der Wohnung in Länsimäki und Gesprächsfetzen. Die Worte konnte ich nicht verstehen, doch der unzufriedene, barsche Tonfall war unverkennbar – Vater und Sohn unterhielten sich.

»Hallo«, meldete sich Matti gelangweilt.

»Hör zu, ich hab keine Zeit für lange Erklärungen. Du musst jetzt wach werden, und zwar sofort. Man hat Leute auf dich angesetzt, die dich umbringen sollen. Es ist ein Wunder, dass du überhaupt noch lebst. Nimm den Reserveschlüssel zu Aleksejs Wohnung, der hängt bei euch an der Wand, genau über dem Telefon, geh rauf in die Wohnung und warte. Jetzt sofort. Komm nicht auf die Idee, vorher noch Cornflakes oder Müsli zu essen. Du bleibst da oben und schaltest das Handy aus. Außer Aleksej und mir machst du niemandem auf. Stell keine Fragen und sag deinem Vater nichts davon. Kapiert? Jetzt gib mir noch mal deinen Vater.«

Ich gab Matti keine Gelegenheit, Fragen zu stellen, überlegte aber, ob er sich alles gemerkt hatte, was ich ihm aufgetragen hatte.

Antti Kiuru meldete sich wieder: »Na, wie geht's dir in Russland?«

»Ich hab alle Hände voll zu tun. Hör mal, Matti erledigt einen dringenden Auftrag für mich. Sieh zu, dass er sofort aufbricht. Wenn jemand nach ihm fragt, sagst du, du wüsstest nicht, wo er ist. Klar?«

Ich verabschiedete mich. Antti schien verwundert, stellte aber keine Fragen.

Aleksej stand hinter der Verkaufstheke im Ersatzteilgeschäft, als ich anrief. Ich fragte, ob er gerade sehr beschäftigt sei, und er quasselte los:

»Ich will nicht jammern. Die Kasse klingelt, der Rubel rollt, da muss man wohl zufrieden sein. Alles in Ordnung, ich geh mal ein wenig auf die Seite. Was hast du auf dem Herzen, kleiner Bruder? Brauchst du einen neuen Bremsbelag für deine Leitsternkutsche?«

»Schnauze! Die Kacke ist am Dampfen und ich hab's eilig«, unterbrach ich ihn grob. »Du nimmst dir frei, gehst in deine Wohnung und holst Matti Kiuru ab ... Ja, Matti ist dort. Verdammt noch mal, hör mir zu und tu, was ich dir sage!«, rief ich aufgebracht, als Aljoscha mich mit verwunderten Fragen unterbrach.

»Schon gut, schon gut«, spielte Aljoscha den Beleidigten. »Man wird ja wohl fragen dürfen. Aber was geht es mich schon an, was in meiner Wohnung passiert.«

Ich bemühte mich, ruhig zu bleiben, und erklärte noch einmal, dass Aleksej Matti abholen und sich mit ihm verstecken sollte. Wenn er sicher war, dass er nicht verfolgt wurde, könne er den Jungen in die Lagerhalle in Tattarisuo bringen.

»Du zeigst ihm, wo der Kühlschrank ist, und lässt ihn schwören, dass er sich nicht vom Fleck rührt. Dann schließt du die Halle ab, nimmst den Mercedes und holst mich an der Grenze in Vaalimaa ab. Und jetzt beeil dich!«, gab ich meine Anweisungen.

»Alles erstklassig klar«, versicherte Aljoscha. Mir blieb nichts anderes übrig, als mich auf ihn zu verlassen.

Genja fuhr. Halbwüchsige Fichten säumten die Straße zu beiden Seiten. Wenn ich den Kopf zur Seite drehte, sah ich keine einzelnen Bäume, sondern nur graugrünes Flimmern in der glühenden Nachmittagssonne. Am liebsten hätte ich die ganze Zeit gedrängt: »Schneller, gib Gas!« Doch Genja hatte mich bereits darauf hingewiesen, dass er so schnell fuhr, wie er konnte. Er hatte gefragt, ob ich etwa nicht lebend ans Ziel kommen wollte. Ich hatte ihm nicht geantwortet, dass es eben gerade ums Überleben ging, darum, ob ich rechtzeitig ankam oder zu spät.

Als ich darum gebeten hatte, dass mich jemand zum Hotel und von dort zur Grenze fuhr, hatte Onkel gebrummt: »Frag Jewgeni.« Genja war lustlos, fast abweisend gewesen, hatte aber schließlich zugestimmt, als ich ihm eine anständige Belohnung versprach – das Bündel Rubelscheine und die Waffen, die ich mir in Wiburg geliehen hatte. Ich hatte nicht vor, einen Stopp einzulegen, um in der Kellerbank eine Einzahlung vorzunehmen. Aber Genja würde das Geld, das Gewehr und den Revolver erst an der Grenze bekommen.

Der Wagen schwankte, schaukelte auf dem welligen Asphalt, bei größeren Unebenheiten ächzte die Federung und Genja stöhnte. Ich nahm mein Handy und schrieb eine SMS an Korhonen: *Schreib Oleg Nazarjan und Ilja Gerasimow zur Fahndung aus. Sonst gibt es noch mehr Tote. Bin auf dem Weg nach Helsinki. Kärppä.*

Mehr kann ich jetzt nicht tun, sagte ich mir. Matti Kiuru müsste im Moment in Sicherheit sein – vor den Killern und vor der Polizei. Ich wusste, dass ich ihn nicht lange in der Halle verstecken konnte. Ich musste ihn ins Ausland schleusen oder eine Art Friedensvertrag mit St. Petersburg aushandeln. Und dafür würde ich staatsmännische Künste erster Klasse brauchen und Geld und Geschenke und langfristige Verpflichtungen zu Freundschaft, Zusammenarbeit und gegenseitiger Hilfeleistung. Über den Kummer von morgen solltest du dir erst heute Nacht den Kopf zerbrechen, ermahnte ich mich. Zuerst musste ich Matti Kiuru zur Rede stellen, ein klares und vollständiges Bild vom Heroingeschäft bekommen.

Ich war eher traurig als besorgt. Ich kannte Matti, seit seine Familie nach Finnland gezogen war. Der Junge war kräftig gebaut und wuchs schnell, mit seinen breiten Schultern setzte er sich auf dem Schulhof durch und fand seinen Platz in einer Fußballmannschaft. Ich sah, dass Matti motorisch ungewöhnlich begabt war, er konnte jede Übung nachahmen, die er einmal gesehen hatte, er beherrschte seinen Körper und prägte sich die Bewegungen durch Wiederholung ein, automatisierte sie.

Ich bemühte mich, ihn zu fördern, und tröstete ihn, seine Trainer wüssten auch nicht alles: Mach du nur ruhig deine eigenen Technikübungen, dazu noch Hüpfer, Sprünge, Koordinationsläufe, Handstand und Purzelbäume, dann kann ein großer Sportler aus dir werden. Wir träumten sogar davon, dass er später, als B-Junior, mit der Herrenmannschaft der Vuosaari-Wikinger trainieren könnte, denn die hatten einen vernünftigen russischen Trainer, der etwas von Fußball verstand und von physischem Training auch.

Und dann rutschte Matti plötzlich ab, gab das Fußballspiel ohne Erklärungen auf, und sein Vater Antti brachte auch sonst nicht mehr viel aus dem Jungen heraus, weder darüber, dass er die Schule abgebrochen hatte, noch über irgendetwas anderes. Ich sah Matti in der Stadt, zu gut gekleidet und in schlechter Gesellschaft, er verwandelte sich in einen Burschen von der Sorte, wie man sie am Bahnhof und sonst wo herumhängen sah. Aber von ernsthaften Missetaten hatte ich nichts gehört.

Bis jetzt.

Das halb fertige Krankenhaus von Wiburg starrte mit seinen glaslosen Fenstern düster vor sich hin. Wir fuhren über die Brücke aus der Stadt und gleich am ersten Kontrollpunkt hielt Genja am Straßenrand, ging in die Wachstube und kam gleich darauf zurück.

»Du kannst mit dem nächsten Bus fahren. Er muss in ein paar Minuten hier sein. An der Grenze wissen sie, dass du kommst. Für mich ist es schwierig, bis nach Torfjanovka zu fahren – außerdem müsstest du dann zu Fuß über die Grenze gehen«, erklärte er.

Er holte eine sauber zusammengefaltete Plastiktüte aus dem Fach an der Tür. Ich legte den Revolver und das Geld in die Tüte und schob sie unter den Sitz. Die Kalaschnikow lag bereits unter der Matte im Kofferraum. Ich gab Genja die Hand, bedankte mich für die Fahrt und für seine Hilfsbereitschaft.

»Nichts zu danken, ich hatte ja Zeit«, spielte Genja die Sache herunter. Seine Worte klangen ein wenig steif, er schien nicht recht zu wissen, wer auf wessen Seite stand.

»Na dann, lass es dir gut gehen. Wir trinken einen, wenn wir uns wiedersehen, nach dem Krieg um zwei Uhr«, verabschiedete ich mich und schlug die Tür zu.

Ein finnischer Bus näherte sich dem Kontrollpunkt. Ein Soldat im grünen Hemd bedeutete mir, zu warten, stieg ein und sprach mit dem Reiseleiter. Dann winkte er mir. Ich stieg ein, grüßte den Reiseleiter und den Busfahrer und setzte mich auf die vorderste Bank. Der Bus war halb voll.

In Torfjanovka standen wir zwanzig Minuten in der Schlange und weitere zwanzig Minuten vergingen im letzten Tax-free-Laden. In Vaalimaa, auf der finnischen Seite, betrat ich mit dem Reiseleiter die Grenzstation. »Aha, das ist also der überzählige Reisende«, sagte der finnische Grenzschützer und kontrollierte meinen Pass.

Aleksej erwartete mich im Mercedes, dessen Stern in Richtung Finnland zeigte. Er lag halb auf dem Fahrersitz, die Füße auf dem Asphalt, die Augen hinter einer Sonnenbrille mit blauen Gläsern verborgen, hatte das Radio aufgedreht und klopfte im Takt aufs Lenkrad.

»Rutsch rüber, ich fahre«, begrüßte ich ihn.

V

Wirf ab die Furcht, du kleine Schar,
auch wenn die wilden Feinde gar
ihr Kriegsgebrüll anstimmen.

Lied 571 des finnischen Gesangbuchs

SIEBENUNDZWANZIG

»Guten Morgen«, brüllte ich meinen Weckruf. Matti Kiuru strampelte die Decke weg. Er trug einen Boxerslip und ein breites Halsband. »Schön warm hier, da schläft es sich gut«, säuselte ich wie eine Oma.

Ich holte Joghurt, Brot, Aufschnitt und Saft aus meiner Tüte.

»Geh pinkeln und wasch dir das Gesicht, dann unterhalten wir uns ein bisschen«, kommandierte ich. »Aleksej und ich sind erst in der Nacht angekommen. Wir dachten, wir lassen dich schlafen. Vorsichtshalber sind wir hier vorbeigefahren. Die Halle war dunkel und draußen waren nur Füchse zu sehen. Aljoscha ist gerade zur Arbeit gegangen. Das heißt, ich hab ihn hingefahren. Er hat bei mir übernachtet. Viel Schlaf hat er nicht gekriegt, aber er wollte nicht auf den Samstagszuschlag verzichten«, übertönte ich das Plätschern. Dann rauschte die Spülung und der Wasserhahn wurde aufgedreht.

An der Türseite der Lagerhalle war ein Büro mit Waschraum eingebaut, darüber ein zweiter Stock mit Pausenraum, Küche und Toilette. Matti hatte auf der Ruhebank im Pausenraum geschlafen, ohne Laken, auf der Matratze und den Sofakissen.

»Im Schrank wären Schlafsäcke gewesen. Aber bei diesem Wetter reicht die Tagesdecke ja auch.« Ich wusste, dass ich mich anhörte wie eine empathische Sozialfürsorgerin im Gipsplattenbüro, Doppelname und Fotos der Kinder auf dem Schreibtisch. Wie schön, du hast ja den Integrationskurs schon absolviert und EDV-Kenntnisse hast du auch.

»Hör zu, Matti. Ich kenne dich, seit du ein kleiner Junge warst. Und jetzt ist die Sache die, dass du schwer in der Klemme steckst, bis zum Hals in der Scheiße. Wir müssen die Dinge beim Namen nennen, sonst kommst du da nicht heil raus«, wechselte ich zur Rolle des ehrlichen, offen redenden Mannes über. Jetzt hörte ich mich an wie eine Fernsehreklame, die die Zuschauer auffordert, sich ihrer Darmprobleme nicht zu schämen. Leg die Hämorriden auf den Tisch, Matti, dachte ich.

Matti Kiuru schlürfte den Joghurt direkt aus dem Becher und hobelte Käse aufs Brot. Er kaute stoisch sein Brot, sah mich an und dann wieder die weiße Wand, an die ich den Wimpel von Zenith St. Petersburg geheftet hatte.

»Es gibt nichts zu bereden«, sagte er und machte eine Miene, als könne er kein Wässerchen trüben.

»Hör mal, Matti, ich weiß von dem Crocodile und China White und Dragon Lady oder wie immer du diese Phentanylscheiße oder das Superheroin nennen willst. Ich weiß alles. Also raus mit der Sprache.« Ich saß Matti gegenüber und sah ihn unverwandt an.

Matti verzog den Mund zu einem Strich, biss dann ins Brot und kaute mit steifen Backen wie in einer Werbung für Vollkornbioroggenbrot.

»Ich kann nicht. Auf keinen Fall. Selbst wenn ich etwas wüsste, könnte ich nicht darüber reden«, schüttelte er den Kopf. Ich dachte bei mir, dass ich jetzt lange genug den Verständnisvollen gespielt hatte und gleich anfangen würde, Matti zu schütteln.

Jemand schlug an die Metalltür der Halle. Er klopfte nicht, pochte nicht. Er hämmerte gegen die Tür, dass es dröhnte. Ich machte eine warnende Handbewegung, drückte mich eng an die Wand und schob mich ans Fenster, um nachzusehen. Im selben Moment klingelte mein Handy. Ich sah, wie Korhonen ein Stahlrohr wegwarf, sein Handy ans Ohr hielt und zum Fenster hinaufspähte.

Ich ging hinunter, ließ ihn herein und schloss sorgsam wieder ab.

»Auf dem Weg zur Plantage?«, frotzelte ich zur Begrüßung. Korhonen trug eine helle Leinenhose und ein etwas dunkleres Jackett, die obersten Hemdknöpfe standen offen.

»Sei mir gegrüßt, Sportjugend Finnlands. Die Modeberatung kommt später. Ich bin ganz schön schlau, oder? Hab mir gleich gedacht, dass du hier bist«, lärmte Korhonen. Bevor ich ihn daran hindern konnte, stürmte er in den Pausenraum und sah Matti am Tisch sitzen.

»Ach je, hab ich euch etwa beim Schäferstündchen gestört?« Korhonen lachte über seinen eigenen Witz. »Na, im Ernst. Wenn Viktor mich bittet, Killer einzufangen, bringt er selbst inzwischen etwas in Sicherheit, das war mir sofort klar. Und wohin? In sein eigenes Nest natürlich. Also in diesen Kleinindustriebau im entwicklungsträchtigen Produktionsgebiet. Fuzzylogik nennt man das.«

Er trat an den Tisch und stützte sich auf die Platte.

»Und dich Murmeltierchen kenne ich ja schon. Nun erzähl Onkel Teppo mal die ganze Geschichte, damit ich nach Hause gehen und die Sauna heizen kann. Wo kommt das Heroin her?«

Matti seufzte schwer, hob den Kopf und fauchte: »Dir Bullenschwein sag ich gar nichts. Außer dass du dir deine Geschichten in die Ziehharmonika stecken kannst.«

»Ach Gottchen, das tut weh. Aber gucken wir mal, wer auf wessen Tastatur klimpert. Die Melodie kann sich noch ändern.« Korhonens Stimme schepperte kalt wie ein Stahlrohr. »Da drüben am Wegrand lauern ein paar Burschen. Die gucken hierher, und ich glaube nicht, dass sie Blaubeeren suchen. Du hast exakt zwei Alternativen. Entweder versuchst du denen da draußen was vorzuwinseln: Sorry, war nicht so gemeint, ich tu's nie wieder, oder du vertraust dich mir an.«

Ich wollte gerade einwerfen, dass ich noch ein drittes Modell zu bieten hatte, als erneut wütend an die Tür gehämmert wurde.

Wieder schlich ich ans Fenster. Karpow, mein Geschäftspartner und Sportsfreund aus Sortavala, trat mit voller Wucht gegen die Tür.

»Wieso hast du denn das Patentschloss verriegelt? Ich steck den Schlüssel rein – nichts tut sich«, schimpfte Karpow. Sein Jorma-Hynninen-Gesicht war vor Ärger gerötet.

»Meine Güte, der sieht ja aus wie Jorma Hynninen«, rief Korhonen von der Treppe her.

Ich stellte Korhonen als Polizisten und Karpow als meinen Freund und Geschäftspartner vor. Korhonen sagte, er wisse, wer Karpow sei, murmelte etwas von persönlichen Akten und fügte hinzu, in natura habe ihn Karpows Ähnlichkeit mit dem Opernsänger doch überrascht. Ich versuchte, die Situation unter Kontrolle zu halten und mich jeweils auf ein Problem zu konzentrieren.

»Wir haben hier gerade etwas zu bereden. Antti Kiurus Sohn Matti ist hier, zu seinem Schutz, und Korhonen will ihm ein paar Fragen stellen. Ja, es geht um die Heroingeschichte«, bestätigte ich.

Karpow klappte der Unterkiefer herunter.

»Das hatte mein Traum also zu bedeuten. Warum bin ich bloß hergekommen? Elendes Schicksal, wie beutelst du dein Kind!«, jammerte er. »Da draußen am Wegrand hockt nämlich eine ziemlich wüste Horde. Vielleicht sollte ich mich lieber hintenrum verdrücken? Ich hab doch mit der Sache gar nichts zu tun.«

Korhonen kniete am Fenster des Büros im Erdgeschoss und spähte hinaus. »An der Straße herrscht ein Gedränge wie in der Pfingstgeschichte. Aber da wird weder ein Zeltgottesdienst noch irgendeine sonstige Erleuchtung gefeiert. Wenn der Tod der Sünde Lohn wäre, hätten wir jetzt Zahltag.«

Korhonen lächelte zu uns hinüber, schien jedoch eher mit sich selbst zu reden, leidenschaftlich und wissend.

»Und der Lohn wird schwarz gezahlt, in blutbraunen Kuverts.«

Er drehte sich um und schaute wieder hinaus, dann schlug er plötzlich seinen üblichen spöttischen Ton an. »Ein paar von denen sind unverkennbar Russen. Sorry, Jungs, aber die sehen nun mal so aus wie die Typen, die im Citymarket shoppen. Dazu ein paar undefinierbare Nationalitäten und hiesige Motorradbanditen.«

Wir hockten uns neben Korhonen und sahen hinaus. Die Lagerhalle stand am Ende eines länglichen Grundstücks, etwa dreißig Meter von der Straße. Auf dem Hof befanden sich zerlegte Baugerüste, Holzstapel und ein Traktor. Meinen Mercedes hatte ich seitlich am Stahlzaun geparkt. Auf der Straße standen Autos, Motorräder und Männer in kleinen Grüppchen wie auf dem Rasen vor dem Kulturhaus einer Kolchose.

»Stimmt. Es fehlen nur noch Dersu Uzala und Bim Schwarzohr«, nickte ich.

»Teufel noch mal«, sagte Korhonen beinahe bewundernd und zog sein Handy aus der Gürteltasche. »Ich muss Verstärkung anfordern.«

»Das wirst du nicht tun!«, riefen Karpow und ich wie aus einem Mund. Korhonen erstarrte und versuchte, uns beide im Auge zu behalten. Ich trat ihm gegen das Armgelenk, und sein Nokia flog durch die Luft. Karpow fing es auf.

»Nichts für ungut, aber das geht einfach nicht. Wir liefern Matti niemandem aus, weder denen da noch der Polizei«, erklärte ich, griff mir im Rücken unters Hemd und holte die Pistole hervor.

»Und ich will keine Fremden in meinem Lager haben«, beeilte sich Karpow hinzuzufügen, während er Korhonens Handy einsteckte.

»Das gibst du ihm nachher aber zurück«, mahnte ich. Im selben Moment spürte ich ein Sausen in den Haaren, den Ohren und an den Wangen, das sich wellenförmig im Brustkorb fortsetzte. Eine Detonation, sagte mir mein Verstand noch schneller als meine Sinne.

»Zum Donnerwetter, das war eine Bazooka«, rief Korhonen, der sich flach auf den Boden geworfen hatte. Über dem Fenster prangte ein sauberes Loch von einem halben Meter Durchmesser, wie gemacht für ein Lüftungsrohr.

Ich versuchte, mir ins Gedächtnis zu rufen, was ich bei der Armee über die Wirkung einer Hohlladung gelernt hatte. Meiner Erinnerung nach schmolz sie, wenn sie einen Panzer durchdrang, und versprühte zu Splittern erstarrende Tropfen. Ich warf einen Blick in den offenen Teil der Halle. Das Panzerfaustgeschoss war unversehrt durch die äußere Mauer und die Zwischenwand gedrungen und in den Steinwollballen im Lager stecken geblieben, hatte seine thermische und dynamische Energie an die feuerfeste Isoliermasse vergeudet. Zwischen den in rot gestreiftes Plastik verpackten Rollen zischte es, doch Rauch oder Flammen waren nicht zu sehen.

Ich hockte mich wieder unter die Fensterbank.

»Geh und pass auf Matti auf. Leg ihm meinetwegen Handschellen an. Wir erledigen das hier«, wies ich Korhonen an. »Ach ja, und häng deine Jacke hier über den Stuhl. Deine Waffe ist in der Tasche.«

Korhonen schüttelte den Kopf, zog aber die Jacke aus und ging nach oben.

»Und wie denkt die am Ufer des Kubans reitende ›Pamjat Iljitscha‹-Jugend der Kollektivwirtschaft im Bezirkskreis Krasnodar darüber?«, deklamierte Karpow.

»Und der berühmte altaische Getreidebauer Michail Jefremow und die junge Agronomin Lidija Bogdanowa?«, setzte ich das Zitat fort. Bei uns beiden hatte zu Hause der Bildband *Die sechzehn Republiken der Sowjetunion* von N. Michailow in der finnischen Übersetzung von Tuure Lehén gestanden. Wir hatten immer wieder unseren Spaß daran, hochtrabende und gleichzeitig wehmütig schmeckende Sätze daraus zu zitieren.

»Sie schauen nicht ratlos zu. Ihre Arbeit kommt ja dem ganzen Volk zugute«, wandelte Karpow den Text ab und lief zu dem Container am Ende der Halle. Er suchte nach dem richtigen Schlüssel, ließ das Schloss aufschnappen, schob die Riegel hoch und zog die Tür auf. Sie knirschte in den Angeln.

»Komm mal her und hilf mir«, sagte er.

»Helfen? Ich schieße. Dir würde ich nicht mal ein Luftgewehr anvertrauen. Du würdest am Ende noch jemanden verletzen«, spöttelte ich. Dann fügte ich leise hinzu: »Wir müssen Korhonen raushalten. Er ist nicht ganz bei sich.

Schwer zu sagen, für wen er gefährlicher ist, für sich selbst oder für seine Umgebung.«

Karpow nickte.

»Mit dem Ding kenne ich mich nicht so gut aus«, gab ich mich bescheiden, als wir das Fliegerabwehrmaschinengewehr zur Tür trugen. »NSV, zwölf Komma sieben Millimeter. Für Luft- und Bodenziele.«

»Wo kommt das denn her?«, fragte Korhonen, der von der obersten Treppenstufe herunterspähte.

»Hab ich in Kontupohja beim Ausverkauf erstanden. Bloß zum Vergnügen. Kinder knallen eben gern«, ächzte Karpow. Er hob das Maschinengewehr auf den Zweifuß und holte einen Munitionsgurt aus dem Container.

»Keine Sorge, es wird keine Toten geben. Deswegen übernehme ich das Schießen und nicht Waleri. Und erst recht nicht du«, erklärte ich Korhonen. »Ich will denen da draußen nur ein bisschen Angst einjagen und ihnen klarmachen, dass es sich nicht lohnt, herzukommen.«

»Jetzt ist es bereit zum Singen«, sagte Karpow.

Ich legte die Schulterstützen auf, bemühte mich, eine stabile Grätschstellung einzunehmen, und erinnerte mich noch einmal daran, dass ich nur ungefähr geradeaus zu zielen brauchte. Das Maschinengewehr hatte eine Reichweite von zwei Kilometern, sodass man auf einigen zehn Metern keine bemerkenswerten ballistischen Bahnen zeichnen konnte, es sei denn auf Millimeterpapier. Ich rieb die Schuhsohlen am Beton, um feste Bodenhaftung zu bekommen, und atmete gleichmäßig wie ein Pistolenschütze, der darauf wartet, dass sich die Zielscheibe dreht. Ich zählte laut Eins-zwei-drei-jetzt, und Karpow riss die kleine Nebentür auf.

Draußen war es sonnenhell, in der Halle halbdunkel. Die Männer am Straßenrand erkannten nur, dass die Tür aufging, das Maschinengewehr, das einen Meter dahinter stand, konnten sie nicht sehen. Ich schickte eine Salve los. Zuerst wurde nur der Kies am Straßenrand aufgewirbelt, dass die Steine durch die Luft sausten, aber dann hob ich den Lauf, oder die Waffe selbst zog nach oben, und an der Flanke eines neuen metallblauen BMW erschien eine geschwungene Linie fingergroßer Löcher, als hätte ein Schnellschmied mit einer Stanze gearbeitet. Das getönte Seitenfenster zersplitterte und Plastikstücke vom Gehäuse des Seitenspiegels flogen durch die Luft. Es tat mir fast leid, reuig dachte ich an die bayerische Autofabrik und ihr stolzes, sorgfältiges Handwerk. Doch ich korrigierte mich sofort. Ich wusste, dass dort bloß irgendein Türke, der vor der Armut in seiner Heimat geflüchtet war, einen Schweißroboter programmierte und keineswegs von dem Gedanken beseelt war, ein Einzelstück herzustellen, ein Individuum für einen realen Menschen.

Das Rattern des Maschinengewehrs hallte von den Wänden wider. Das mechanische Klirren der Waffe versuchte, die scharfen Detonationsgeräusche zu übertönen, die lockeren Teile des Schlosses schlugen vor und zurück, das Gewehr saugte gierig am Munitionsgurt und spuckte die leeren Hülsen klirrend auf den Fußboden.

Ich schickte noch eine kleine Salve hinterher und brüllte: »Tür zu!«

Es war still. Ich legte das Maschinengewehr auf den Zweifuß, atmete tief durch und lockerte die Schultern. Meine Arme zitterten. Es war wirklich still.

ACHTUNDZWANZIG

Das Klingeln meines Handys wirkte fast störend. Auf dem Display stand *Aljoscha ruft an.* Ich versuchte, mit taub gewordenen Fingern die richtige Taste zu drücken.

»Ich bin momentan beschäftigt«, meldete ich mich.

»Ja, das hab ich gemerkt. Ich bin nämlich auch hier in Tattarisuo, mit einem Bulgaren. Christo heißt er.«

Ich hörte, wie Aleksej zwischendurch auf Russisch etwas erklärte, dann sprach er wieder ins Handy.

»Der ist zu uns in den Laden gekommen und hat ein paar Tausend übrig gebliebene CDs günstig angeboten. Ich habe versprochen, sie zu nehmen, und dachte, wir bringen sie gleich in die Halle. Aber hier ist verdammt noch mal der Krieg ausgebrochen. Ja, ja, laber nicht rum! Sorry, der Bulgare läuft allmählich heiß. Na, jetzt fährt er auf den Hof«, sagte Aleksej, und im selben Moment sah ich auch schon, dass ein grüner Laster, ein stumpfsinnig aussehender Renault, von der Straße in den Hof einbog, wobei der Anhänger zwei Harley-Davidson umkippte. Das eine Motorrad blieb am Chassis hängen und wurde mitgeschleift, bis es unter die Hinterachse geriet.

Der Fahrer lenkte den Laster schräg vor die Halle. Beide Insassen waren schlau genug, auf der geschützten Fahrerseite auszusteigen, und liefen in die Halle.

»Proletarier aller Länder, vereinigt euch«, begrüßte Karpow Aleksej, während er dem Bulgaren auf Russisch einen Guten Abend wünschte.

»Der richtige Moment für eine kommerzielle Transaktion«, lobte ich meinen Bruder. »Wir sind umzingelt, mit uns eingeschlossen ist ein Polizist, und du fährst hier mit einem Laster voll Piratenmusik vor. Und einen Panflötenspieler bringst du auch noch mit.«

»Die sind Rumänen.«

»Scheiße, wo sind Rumänen?«, brüllte ich.

»Die Panflötenspieler, Gheorghe Zamfir und die. Der hier kommt aus Bulgarien«, berichtigte Aleksej.

»Viktor, bist du etwa Rassist? Die Leute so abzustempeln!«, mischte sich Korhonen ein.

»Politische Korrektheit ist in dieser Situation wirklich ein relevantes Gesprächsthema. Aber du glaubst wahrscheinlich, dass Leiden den Menschen veredelt: Nachdem ich einen Fußtritt an den Kopf gekriegt habe, liebe ich alle Krausköpfe«, ereiferte ich mich.

Der Brummifahrer sah verängstigt aus. Ich lächelte ihm zu und erklärte auf Russisch und Englisch, er brauche sich keine Sorgen zu machen, nur ein kleiner Zwischenfall, Missverständnisse und Informationslücken, gleich ist alles in Ordnung.

»Der Kerl kann ja nichts dafür, dass man ihn hierher geführt hat«, sprach ich Christo von seinen Sünden rein und sah Aleksej scharf an. Er breitete die Arme aus und ahmte meine Grimassen nach. Ich hob warnend einen Finger. »Was mich derzeit viel mehr interessiert, ist die Frage, wie unsere weitere Strategie wohl aussehen mag.«

Der Trupp am Straßenrand schien ähnliche Überlegungen anzustellen. Die Männer standen gut sichtbar da. Sie waren aus dem Graben geklettert, in dem sie Deckung gesucht hatten, als ich zu schießen begann. Keiner hatte einen Panzerschreck auf der Schulter. In der Mitte der beratschlagenden Gruppe erkannte ich Nazarjan. Er trat ein paar Schritte zur Seite.

Mein Handy klingelte erneut. »Ein Betrieb ist das hier wie im Hafen von Primorsk«, seufzte ich. »Hallo?«

»Viktor, Oleg hier. Lass uns mit dem Blödsinn aufhören. Ich komme rüber, um zu verhandeln. Ich verlasse mich darauf, dass du mich nicht tötest. Ich komme unbewaffnet.«

»In Ordnung. Zieh deine Jacke aus und halte die Arme vom Körper ab. Ich ruf dir weitere Anweisungen zu, wenn du in der Nähe der Tür bist«, sagte ich.

Nazarjan zog langsam seine Jacke aus, legte sie auf die Motorhaube eines schwarzen Audi und machte sich auf den Weg. Als er nur noch zehn Meter von der Halle entfernt war, rief ich ihm durch das Lüftungsfenster zu, er solle stehen bleiben, sich langsam umdrehen und rückwärts weitergehen. Karpow öffnete die Tür und Nazarjan trat ohne Zögern über die hohe Metallschwelle.

»Dobryi den«, wünschte er höflich. Karpow stand an der Tür, Aleksej und der bulgarische Brummifahrer lehnten sich an den metallenen Arbeitstisch, und Korhonen saß auf der Treppe. Nazarjan ließ den Blick durch die Runde schweifen und nickte höflich.

»Ich kenne nicht alle hier, aber das ist auch nicht nötig«, sagte er. »Ich entschuldige mich für den Schuss. Wir wollten nur zeigen, dass wir es ernst meinen. Aber es tut mir trotzdem leid. Na ja, du hast ja mit dem gleichen Maß zurückgegeben«, glitt er von seiner Entschuldigung in ein Lächeln. »Dinge sind nur Dinge. Die Motorradfahrer weinen zwar ihren Maschinen nach, aber sie werden bald verstehen, was wichtig ist und was nicht.«

Nazarjan legte den Kopf schräg und die Hände auf die Brust, mit verschränkten Fingern, löste sie dann voneinander.

»Genug philosophiert. Wir haben klare Anweisung aus St. Petersburg, den Vogelmann zu eliminieren. Als kleine, ich betone: als winzig kleine Empfehlung wurde mir gesagt: Bring Viktor nicht um. Na, ich versuche es zu vermeiden. Und ich erschieße nicht gern Polizisten, das wirbelt unnötig Staub auf. In diesem Land. Aber du verstehst, wir sind in der Übermacht. Entweder gibst du uns den kleinen Knilch freiwillig oder wir legen die ganze Halle in Staub.«

Ich wusste, dass Nazarjan nicht übertrieb und eigentlich nicht einmal drohte. Er stellte lediglich die Tatsachen fest. Und ich wusste auch, dass er im Zerstören ganzer Wohnblocks oder Dörfer Erfahrung gesammelt hatte, in Afghanistan, vielleicht auch in Tschetschenien und Bergkarabach. Eine Halle in Tattarisuo fiel für ihn nicht ins Gewicht. Aber mir und Karpow lag sie am Herzen.

»Lass gut sein, ich geh mit. Das ist besser«, hörte ich Matti Kiuru zum ersten Mal seit Jahren Russisch sprechen. Er war zu Korhonen auf die Treppe getreten.

Nazarjan begann zu lachen, doch es war kein triumphierendes Gelächter, sondern eher ein verblüfftes und ungläubiges Auflachen. »Ach, liebe Freunde und Genossen. Ihr glaubt, ihr habt den Vogelmann«, höhnte er.

»Dieses Genie soll eine Drogenorganisation leiten? Gut, wenn er es schafft, sich die Schuhe zuzubinden und gleichzeitig Musik zu hören. Der Vogelmann ist *Eino* Kiuru«, sagte Nazarjan, immer noch lachend. Er schüttelte den Kopf und ging, ohne sich darum zu kümmern, dass Karpow und ich eine Pistole in der Hand hielten. Die Tür schlug zu und Nazarjans Lachen verhallte.

NEUNUNDZWANZIG

Ich wusste, dass wir zu spät kamen, glaubte aber nicht, dass Nazarjan und sein Trupp es rechtzeitig geschafft hatten.

Der Parkplatz in Länsimäki hatte sich mit Polizeifahrzeugen gefüllt, in deren Dachleuchten sich das Blaulicht drehte. Funkgeräte knatterten, Polizisten in kugelsicheren Westen rannten aus dem Treppenhaus auf die asphaltierten Wege und tauchten in das Labyrinth der üppig wuchernden Büsche ein.

Ich folgte Korhonen, der barsch seinen Polizeiausweis zückte, als einer der Beamten ihn aufhalten wollte. Wir gingen die Treppe hinauf in den zweiten Stock. Ein Mann in heller Hose kniete vor der Wohnungstür der Kiurus und suchte am Türrahmen nach Fingerabdrücken, so konzentriert, dass es aussah, als würde seine kleine Brille allein von den Fältchen an der Nasenwurzel gehalten.

»Wie haben sie wohl die Tür aufgekriegt? Glaubst du, du kannst das feststellen?«, fragte Korhonen mit todernstem Gesicht und beugte sich zu dem Kriminaltechniker hinunter. Die Tür war in Stücke geschlagen, auf dem Treppenabsatz lag ein Brecheisen. Der Hellhosige sah Korhonen über den Brillenrand hinweg an. »Wenn du vielleicht so nett sein könntest, mich in Ruhe arbeiten zu lassen«, sagte er genervt, als hätte er es mit einem pubertierenden Teenager zu tun. Korhonen stakste in die Wohnung, ich folgte ihm.

Ich hatte in der Lagerhalle sofort versucht, die Kiurus zu erreichen, aber zu Hause nahm niemand ab. Vater Anttis Handy hatte achtmal geklingelt, bevor er sich atemlos und ein wenig zögernd meldete: »Was gibt's, Viktor?« Er verlegte gerade irgendwo in Vihti einen Fußboden und erklärte wie ein ertappter Sünder, ein Nachbar habe ihn gebeten, bei der Renovierung seines Sommerhauses zu helfen. Ich unterbrach ihn, es gehe jetzt nicht um Kacheln, sondern um seine Söhne, und Antti fragte verwundert, wieso ich mich neuerdings tagtäglich für seinen Nachwuchs interessierte.

Ich erklärte ihm, ich hätte irrtümlich geglaubt, Matti sei in Schwierigkeiten, dabei sei es Eino, der in der Klemme steckte. Antti wusste nicht, wo ich seinen Sohn erreichen konnte. Der Junge sei seit einigen Tagen bei einem Freund, habe nur gesimst, dass alles in Ordnung sei. Daraufhin hatte ich Antti geraten, möglichst bald nach Hause zu fahren, und hinzugefügt, es sei sicher das Klügste, wenn seine Frau Olga ihren Besuch bei den Verwandten in Käkisalmi noch eine Weile ausdehnte. Dann hatte ich auf die Taste mit dem roten Hörer gedrückt und Antti Kiurus Gestammel abgeschnitten.

Korhonen hatte ich angewiesen, Verstärkung anzufordern. »Nach Länsimäki«, hatte ich hinzugefügt, weil er mich nur dumpf angestiert hatte. Dann war mir klar geworden, dass Karpow ihm sein Handy noch nicht zurückgegeben hatte.

Die Polizei war mit heulenden Sirenen angerückt, die Sondereinheit grummelnd. Aber vor Ort fand man nur noch Fingerabdrücke am Geländer, Faserreste an den Türsplittern und Fußabdrücke in den Blumenbeeten. Die Nachbarn hatten in weiser Voraussicht Türen, Augen und Ohren geschlossen. Niemand hatte etwas bemerkt, als ein Brecheisen in die Tür der Kiurus geschlagen und die Tür aufgehebelt worden war. Zur gleichen Zeit war ein Mann auf den Balkon im zweiten Stock geklettert, hatte die Scheibe eingeschlagen und war in die Wohnung eingedrungen. Eine alte Frau aus dem Haus gegenüber hatte diesen Vorfall immerhin beobachtet und traute sich, darüber zu reden. Alle anderen Bewohner des Hauses hießen Hase und wussten von nichts.

Meiner Überzeugung nach hatten Nazarjans Leute vorher ausspioniert, ob Eino Kiuru zu Hause war. Sie wussten, dass sie eine leere Wohnung vorfinden würden, aber als beinharte Profis hatten sie sich dennoch gründlich abgesichert. Zugleich hatten sie ihre Macht demonstriert. Sie waren durch die ganze Wohnung gegangen und hatten in jedem Zimmer etwas zerbrochen, wahllos und ohne Skrupel.

Wohnung. Unterkunft. Oder ein Zuhause, stellte ich Synonyme zusammen. Ich beobachtete Korhonen und die Männer von der Spurensicherung. Sie verwendeten ihre Fachausdrücke, sprachen von allem anderen als von einem Zuhause, das verletzt, beschädigt, beinahe vergewaltigt worden war. Aber sie waren ja auch nur dienstlich hier.

DREISSIG

Korhonen und ich fuhren schweigend nach Tattarisuo zurück. Die Straße und der Hof vor der Lagerhalle flimmerten in der schläfrigen Hitze. Der Autokadaver und die zerbeulten Motorräder waren verschwunden, der Geruch nach Schießpulver und Geschossfett verflogen.

Matti Kiuru und Aleksej saßen in der Halle, sortierten die CDs und stapelten sie auf ein Regal.

»Einen schönen Gruß von Karpow, er ist schon weg«, verkündete Aleksej. »Wir haben den BMW in die Halle geschoben, und die Motorräder auch. Ich dachte mir, sie würden sonst irgendwem auffallen. Obwohl hier ja kaum jemand unterwegs ist, an einem Samstag«, setzte er gemessen hinzu. »Ach ja, das Loch in der Wand habe ich mit einer Sperrholzplatte abgedeckt. Und der Bulgare hat mir bei den CDs noch einen Extrasuperbonusrabatt gegeben. Der hatte ganz schön Muffensausen. Ist vom Hof geprescht, als wäre der Teufel hinter ihm her.«

Ich trat zu Matti, setzte mich auf die Werkbank. Matti nahm jeweils einige CDs aus dem Karton, sortierte sie und reichte sie an Aleksej weiter, der sie aufs Regal legte. Er arbeitete sorgfältig und konzentriert und blickte kein einziges Mal auf.

»Was ist, Matti, interessiert es dich gar nicht, ob wir deinen Bruder in eurer Wohnung gefunden haben?« Ich packte sein Handgelenk und wartete, bis er mir in die Augen sah. »Du fragst nicht, weil du ganz genau Bescheid weißt, stimmt's? Und du hast es schon die ganze Zeit gewusst. Zum Teufel mit dir! Ich renne mir die Hacken ab und stelle blöde Fragen, fahre sogar nach St. Petersburg, um mit irgendwelchen Killern zu verhandeln, verdammt noch mal, und du Saftsack schmunzelst bloß wie ein Stummer beim Scheißen.«

Matti hörte mir ausdruckslos zu, lächelte dann höhnisch. »Ach je, der arme Viktor! Dass du verreisen musstest, fuchst dich am meisten? Hast du deswegen etwa einen lukrativen Auftrag eingebüßt?«, setzte er mir zu, als wären wir ein altes Ehepaar. »Natürlich wusste ich Bescheid, aber ich konnte dir nichts erzählen. Eino ist mein Bruder. Mein kleiner Bruder, obwohl er das vielleicht nicht so empfunden hat. Ich habe ihn gewarnt, aber er wollte nicht auf mich hören, und irgendwann war dann alles eine Nummer zu groß geworden. Jedenfalls für mich. Trotzdem habe ich geschwiegen. Ich dachte, vielleicht geht es gut aus, oder wenigstens einigermaßen glimpflich. Ich konnte nur hoffen, dass Mutter und Vater sich nicht zu grämen brauchen.«

Ich ließ Mattis Hand los und wusste nichts zu sagen.

»Was hättest du schon tun können, wenn ich es dir erzählt hätte? Wahrscheinlich hättest du gesagt, ach mein lieber Eino, ich beschütze dich. Und der durchgeknallte Polizist da hätte dir geholfen, was?«, setzte Matti die Zertrümmerung meines Egos fort. »Eino ist untergetaucht. Ich weiß nicht, wo. Und es ist auch besser, wenn ich es nicht weiß.« Mit diesen Worten faltete er mich zusammen, wie ein Verschrotter ein ehemaliges Auto zum Blechballen schnürt.

Schweigend stand ich da und musste mir eingestehen, dass Matti recht hatte. Ich versuchte, zur praktischen Vernunft zurückzufinden. Nach kurzem Überlegen warf ich Aleksej den Mercedesschlüssel zu.

»Fahrt nach Hause, Jungs. Und versuch, deinem Vater zu helfen, Matti. Ihr braucht eine neue Tür. Wenn die Hausverwaltung euch keine besorgt, könnt ihr euch hier nach einer passenden umschauen«, war alles, was ich herausbrachte.

Ich schloss die Tür ab und rüttelte zur Sicherheit noch an der Klinke. Dann führte ich Korhonen zur Ecke des Grundstücks und auf einen Waldweg, der zum Laufpfad am Flugplatz von Malmi führte. Rund um das Industriegebiet zog sich ein Graben, in dem das Wasser in den Farben sämtlicher Schwermetalle schimmerte. Über der Aushebung lag eine Planke. Ich sprang mit einem Satz auf die andere Seite.

»Schaffst du es?« Ich blieb mit ausgestrecktem Arm stehen, in der Haltung, in der man einer Frau über Hindernisse hinweg hilft.

»Mit dir erlebt man doch immer was Neues. Was für ein klarer Bergbach!«, ächzte Korhonen und trippelte in seinen lederbesohlten Schuhen über die schmale Behelfsbrücke.

Im Wald war es angenehm frisch. Der Weg mündete in einen Trimm-dich-Pfad, wand sich zwischen Weidensträuchern und weißstämmigen Birken hindurch. Die würden gutes Saunaholz liefern, dachte ich. Man müsste sie fällen und in meterlange Stücke sägen, in Scheite hacken und den Winter über trocknen lassen.

»Du hast heute Saunaabend«, erinnerte ich mich plötzlich an Korhonens Worte.

»Ja«, erwiderte Korhonen einsilbig. Er hatte sich sein Jackett am gekrümmten Finger über die Schulter gehängt und setzte widerstrebend einen Schritt vor den anderen wie ein unwilliges Kind.

»Was ist bloß los mit dir, Korhonen?«, wagte ich mich vor. »Verdammt noch mal, bei dir steht doch alles zum Besten. Du hast einen Job und eine Wohnung und gesunde Kinder und eine tüchtige Frau, aber nein, du treibst dich rum wie nicht gescheit und saugst jedes Gift auf, das es nur gibt. Das nennt man selbstzerstörerisch, mein lieber Teppo«, setzte ich ihm zu.

»Hast du in Leningrad auch Psychologie studiert? Als kleine Delikatesse zwischen zwei Marxismus-Leninismus-Kursen? Oder war dein Hauptfach Klassenbewusstes Geräteturnen?«

»Leck mich doch am Arsch. Nein, aber mal im Ernst. Dein Treiben ist nicht gesund. Hast du Burn-out oder Berufsstress oder kotzt dich sonst was an?«, beharrte ich.

»Im Ernst, im Ernst«, äffte Korhonen mich nach. »Mich stresst das Leben als solches. Ich hab dir doch erzählt, dass mein Vater eine Sonntagsschule geleitet hat ... Ein Glanzbildjesus schaut von seiner Wolke herunter und die Kinder gehen auf einem rutschigen Pfad, doch der Engel passt auf, dass sie nicht in den Graben fallen. Aber eine Art Alltagsschule wäre nützlicher gewesen. Auf Asphalt kommt man nämlich viel leichter ins Schliddern.«

Wir wichen zwei Joggern aus, Männern in mittleren Jahren, und Korhonen sagte kopfschüttelnd: »Hier fühlt man sich ja beinahe wie ein unnormaler Jugendlicher. Hilfe, Dr. Sommer, ich bin ganz anders als meine Freunde.«

Ich verstand seine Anspielung nicht, dachte mir aber, dass sie vielleicht irgendetwas mit den angestrengt keuchenden Läufern zu tun hatte.

»Du kannst das nicht begreifen. Und es geht dich auch nichts an. Also lass gut sein. Das ist ganz einfach meine ureigene Beklemmung.«

Wir gingen gemessenen Schrittes weiter wie in einem Trauerzug und umrundeten das Ende des Flugplatzes. Das Birkenwäldchen ging in eine trockene, duftende Brachwiese über. Ein Fallschirmspringerflugzeug schraubte sich in die Höhe. Ich sah mit zusammengekniffenen Augen nach oben und wartete darauf, dass die nur noch als weißer Strich zu erkennende Maschine ihre Schirme verstreute wie grellbunten Samen.

Korhonen presste das Kinn an die Brust und stieß eine weitere Erklärung hervor: »Die beiden da joggen nebeneinander her und überlegen: ›Vielleicht sollte ich den Nissan Almera gegen einen Neuwagen eintauschen. Nur, wie erkläre ich das meiner Frau, der alte hat ja erst fünfundfünfzigtausend auf dem Tacho. Aber ich würde einen fairen Preis dafür bekommen und Klimaanlage und CD-Radio sind inbegriffen.‹ Ein famoser Lebensinhalt, oder?«

Er schüttelte den Kopf und verzog das Gesicht zu einer ungläubigen Grimasse.

»Nicht zu fassen, was ich dir alles anvertraue. Die Typen strampeln sich ab, um Verkaufsleiter oder Senior Controller zu werden, irgendeinen verdammten Titel zu kriegen, von dem ihre Oma in Maaninka noch nie gehört hat, sie wollen Chefs sein, notfalls auch ohne Untergebene. Oder sie schaffen sich einen Heimkinoverstärker und einen Subwoofer an, damit die Bässe richtig schön anal dröhnen, dass einem die Haare zu Berge stehen. Ihre Kinder schicken sie in einen Kreativkindergarten und in eine erlebnispädagogische Grundschule und aufs Kunstgymnasium. Dabei wissen sie die ganze Zeit, dass es Ungerechtigkeit und Schlechtigkeit gibt, aber sie scheren sich nicht darum. Sie johlen fröhlich weiter. Nachts werden sie vielleicht mal wach und fragen sich, wie es wohl dem Huttunen gehen mag, der aus der Verkaufsabteilung wegrationalisiert wurde. Oder sie zittern bei dem Gedanken, sie hätten im Schlaf womöglich von ihrer Geliebten gesprochen. Oder ihre Tochter kommt erst am Morgen nach Hause, ihre Augen funkeln wie Nabelschmuck und sie ist überhaupt nicht müde.«

Ich wollte ihm sagen, dass ich wusste, was er meinte. Und dann hätte ich ihm gern erklärt und versichert, dass kein Mensch es schafft, alles richtig zu machen. »Na ja, ein normales Leben ist doch nicht falsch oder verlogen. Für seine Kinder sorgen, Familie und Liebe ...«, entschlüpfte mir. Ich rechnete mit einer spöttischen Bemerkung, doch Korhonen blieb ernst.

»Stimmt, stimmt. Und ich will auch gar nicht zynisch sein. Trotzdem bin ich's. Aber auch das ist wohl eine Art Flucht, ich wage es nicht, so zu sein wie andere Menschen«, sagte er und kickte unsichtbare Steine über den Weg. »Ich bin eben ein unruhiges Blut. *Oroligt blod,* in den Hauptrollen Regina Linnanheimo und Eino Katajavuori. Das ist ein alter Film«, erklärte er, als er merkte, dass ich wieder nicht verstand.

Wir bogen vom Trimm-dich-Pfad auf den Fahrradweg ab, der parallel zur Straße verlief. Hinter den alten Feldern von Fallkulla wurden neue soziale Probleme gebaut, riesige Hochhäuser inmitten der platten Landschaft. Auf der anderen Straßenseite, hinter den Industriehallen, lag ein weites Tal. Das Getreide wogte, gelb und fast reif.

»Wenn ich aufs Land ziehen würde, könnte ich irgendwas anbauen. Das hätte etwas Ewiges«, sinnierte Korhonen, ohne sich seine Idylle von den vorbeirauschenden Autos zerstören zu lassen. »Leider versteh ich überhaupt nichts von der Landwirtschaft. Und Ellen hätte bestimmt keine Lust, in der mentalhygienischen Beratungsstelle irgendeines Kaffs zu arbeiten. Und die Kinder wollen auch nichts aufs

Land. So viel zu dieser Vision«, setzte er hinzu. »Also, mach's gut. Ich gehe in die Sauna. Ich werde ihn mannhaft ertragen, den Abend im Familienkreis.«

Wir gaben uns die Hand. Korhonen ging weiter in Richtung Malmi, ich nahm den anderen Weg, der sich nach Tapanila schlängelte, sich dort begradigte und zur Bahnüberführung wurde. Ich sah Korhonen nach. Er schritt gleichmäßig geradeaus. Dieser Mann ist keiner von der langlebigen Sorte, dachte ich.

EINUNDDREISSIG

Der Bauunternehmer Veikko Luoma saß auf einem etwas zu niedrigen Stuhl an seinem Schreibtisch. Er hatte die Garage seines Bungalows zum Büro umfunktioniert. Das Kontor lag im Halbdunkel, denn die kleinen, fast unter der Decke angebrachten Fenster lagen im Schatten einer Fichtenhecke, und die Wandvertäfelung, ein dunkles Holzimitat, schluckte das restliche Licht.

»Na, Baumeister Kärppä, was gibt's Neues?«, begrüßte mich Luoma mit seiner normalen metallischen Stimme. Mein Besuch schien ihn nicht zu überraschen.

»Man hört schlimme Dinge«, kam ich direkt zur Sache und setzte mich unaufgefordert auf den Besucherstuhl.

»Aha. Und was sind das für Dinge?«, fragte Luoma im Plauderton. Er tippte mit steifem Zeigefinger auf der Rechenmaschine herum, in der anderen Hand hielt er ein Bündel Quittungen. Die altmodische Rechenmaschine ratterte und druckte blasse Zahlen auf den von einer Rolle gespeisten Papierstreifen. Luoma schien immer dieselbe Kleidung zu tragen: ein kurzärmliges, ordentlich gebügeltes Hemd und eine Weste aus hellbraunem Stoff mit vielen Taschen. Er sah mich durch seine Pilotenbrille an, seine blassblauen Augen trieften.

»Ich erkläre hiermit das Gelaber für beendet, bevor du damit anfängst«, sagte ich. Luoma sah mich schweigend an.

»Nach allem, was man so hört, bist du derart damit beschäftigt, die Masse wegzuputzen, dass in Kürze mit einem Konkurs zu rechnen ist.«

»Na ja, die Konjunktur schwankt eben manchmal. Aber gebaut wird doch immer. Mag sein, dass sich ein akutes Liquiditätsproblem abgezeichnet hat«, wich Luoma aus.

»Ich hab doch gesagt, Schluss mit dem Gelaber«, unterbrach ich ihn. »Bei mir hast du nicht viele Außenstände, obwohl du dich immer drehst und windest und nie pünktlich zahlst. Meinethalben können wir die Summe als Schulden stehen lassen. Je mehr Gläubiger mit ihren Forderungen kommen, umso echter sieht der Konkurs aus.«

»Ach, Gläubiger hab ich genug«, warf Luoma ein.

»Halt die Klappe. Schau mal, was mir Sorgen macht, ist lediglich, dass ich in deiner Hütte wohne. Oder vielmehr in dem Haus, das auf deinem Grundstück steht. Und ich fühl mich dort wohl.«

Ich legte eine Pause ein. Luoma brauste nicht auf, doch sein Gesicht war violett angelaufen.

»Hör mir erst mal zu. Ich mache dir ein anständiges Angebot«, versprach ich. Luoma überlegte fünf Sekunden, dann nickte er.

Ich erklärte, ich würde ihm zwanzigtausend bar auf die Hand zahlen, aus reiner Gutherzigkeit, weil ich nicht wollte, dass er am Bettelstab gehen musste. Der Rest der Kaufsumme, hunderttausend Euro, liege auf einem Luxemburger Bankkonto, das wiederum einer in Monaco registrierten Firma gehöre, und die beglaubigten Vollmachten der Zeichnungsberechtigten dieser Firma hätte ich hier, bitte schön. Das Geld werde hin und her geschoben und gleich noch einmal vor und zurück. Es gebe Quittungen von VK-East Trade, V. Kärppä AG, Holzhandlung Tammisto, Isolationsbau Makkonen, Blechschmiede Ost-Helsinki und von vielen anderen Firmen, und die Rechnungen seien teils per Banküberweisung, teils bar bezahlt worden. Und sollte irgendein unseliger Wirtschaftskriminalist eines fernen Tages die ganze Firmenkette aufdröseln, dann könne er immer noch nicht nachweisen, dass es sich um eine illegale Transaktion handelte. Die Subunternehmer hatten ihre Arbeit getan und waren dafür bezahlt worden, lediglich die letzte Firma in der Kette existierte ausschließlich in der verschlossenen Schreibtischschublade mitteleuropäischer Juristen. Von einem überarbeiteten kleinen Unternehmer könne man nicht erwarten, dass er sich darüber Klarheit verschaffte, der sei schließlich froh, wenn die Aufträge pünktlich erledigt wurden und er seine Rechnungen bezahlen konnte.

Ich wies Luoma darauf hin, dass ich ein umgänglicher Mensch sei, aber wenn er mir das Grundstück nicht verkaufe, könne er sich ein Comeback im Baugeschäft ein für alle Mal abschminken. Ein Geschäftsbetriebsverbot könne man zwar immer umgehen, aber bei den Sanktionen, die ich verhängen würde, werde er nicht einmal mehr einen Gartenschuppen bauen, weder über einen Strohmann noch mit neuen Firmen. Die Arbeiter würden es auf seinen Baustellen nicht lange aushalten und obendrein würden Werkzeug und Material verschwinden, bis zum letzten Hammer, Brecheisen oder Blähtonblock.

Luoma legte die Brille auf den Schreibtisch und rieb sich mit beiden Händen das Gesicht.

»Einverstanden.«

Er setzte die Brille wieder auf und nickte gleichmütig, als hätte er mir gerade einen Kubikmeter Kaminholz verkauft.

»Gut«, erwiderte ich.

Da Luoma nicht nachfragte, brauchte ich ihm nicht zu erklären, dass mir die Konten in Luxemburg vor zwei Jahren zugefallen waren, als mein Arbeitgeber Ryschkow erschossen wurde und niemand Anspruch auf sein geschäftliches Erbe erhob. Ich hatte erwartet, dass nach Ryschkows Tod irgendwer die Konten leer räumen oder das Geld von mir einfordern würde, hatte auch Angst ausgestanden, aber eher um mein Leben als um das Geld. Zu guter Letzt war ich zu dem Schluss gekommen, dass die in der Lux-Bank deponierten Gelder Ryschkows privater Rentenfonds waren, von dem niemand wusste. Und nun flossen diese durch Übeltaten erworbenen Gelder der Wohltätigkeit zu. Sie taten Luoma wohl und mir auch.

ZWEIUNDDREISSIG

»Ein kerngesundes Haus, das muss ich wirklich sagen. Helles, hartes Holz. Hier musst du es nur ein wenig armieren«, lobte Juho Takala und klopfte mit dem Axtrücken gegen den untersten Balken. Ich nickte und versuchte, Marjas Opa zu überreden, sich eine Weile in der Gartenschaukel auszuruhen.

»Verflixt noch mal, hältst du mich etwa für völlig verweichlicht?«, protestierte Juho, wusste aber selbst, dass er sich in der Hitze nicht allzu lange abrackern durfte. Zwischendurch zog er sich immer wieder in den Schatten zurück und pfiff vor sich hin.

Juho hatte von meinen Renovierungsplänen erfahren und mich angerufen. Ohne zu fragen, ob ich Hilfe brauchte, hatte er kurzerhand erklärt, ich könne auf ihn zählen. Er tuckerte in seinem alten Peugeot Diesel auf den Hof und sagte, er sei um fünf Uhr früh losgefahren, weil er nicht mehr schlafen konnte. Im Moment habe er Zeit genug, denn sein Sohn lasse ihn nicht mehr in den Stall, und auch das Grünfutter sei längst fertig.

»Ich muss auch zu Nachuntersuchungen«, hatte Juho seinen Abstecher nach Helsinki begründet, ansonsten aber nicht über seine Krebsoperation gesprochen. Allerdings wirkte er erleichtert. »Und Marja kommt ja auch bald aus Amerika zurück.« Den wichtigsten Grund für seine Reise hatte er zuletzt genannt. Seine Stimme klang warm und auch mich durchzuckte freudige Erwartung.

Ich stand in dem Graben, den wir rund um das Haus gezogen hatten, und verteilte gleichmäßig Sand über die Dränagerohre. Ein kleiner Bagger brachte den Sand schaufelweise herbei und ließ ihn geradezu graziös auf die Plastikrohre fallen. Matti Kiuru arbeitete mit seinem Vater am Ständerwerk des Anbaus. Matti trug einen nagelneuen Snickers-Overall, Antti seine alte, verblichene Arbeitshose, Flanellhemd und Schirmmütze. Auch Aleksej war gekommen, um mitzuhelfen, und prahlte damit, dass er seinen ersten finnischen Sommerurlaub im Zeichen der Arbeit feierte, beim Hausbau seines Bruders. Ich beobachtete ihn, als er sich mit Juho Takala unterhielt. Was sie sagten, hörte ich nicht, aber ich sah, wie sie vergnügt lachten und dann abwechselnd zur Giebelwand der Sauna und wieder zurück gingen. Sie hatten die alte Dartsscheibe entdeckt, über die ich mich zuerst gewundert hatte, bis ich dann herausfand, dass Pfeilewerfen ein beliebter finnischer Volkssport war.

»So ist das Leben im Schützengraben …«, erklang hinter mir Gesang. Ich drehte mich um und erblickte schwarze, glänzende Schuhe, eine Jeans und das altbekannte Leinenjackett.

»Tag, Korhonen«, erwiderte ich sachlich.

»Archäologe, komm aus deiner Grube«, wechselte er das Lied. Ich sprang hinauf. »Kärppä macht einen Tauchwälzer wie Waleri Brumel«, kommentierte Korhonen anerkennend.

Ich bot ihm Saft an, doch er schüttelte den Kopf und zündete eine Zigarette an.

»Gutes Bauwetter. Dein Haus ist ja voll unterkellert! Ich dachte, es hätte bloß einen Kreuzwerkboden«, meinte er, rauchte in aller Ruhe und trat schließlich die Kippe auf der

Erde aus. »Hast du was vom Vogeljungen gehört?«, fragte er dann geradeheraus.

»Nein«, antwortete ich. Ich sah, dass Antti Kiuru verstohlen zu Korhonen und mir herüberblickte. Matti dagegen schien sich darauf zu konzentrieren, einen Balken festzuhalten. »Ich weiß nur, dass Matti sagt, er habe von irgendeinem unbekannten Anschluss eine SMS bekommen: *Sorry wegen dem Durcheinander, ich bin o.k. und komm zurecht. Eino.* Das ist ein harter Schlag für Antti und Olga. Sie wissen nicht, ob ihr Sohn überhaupt noch lebt und, wenn ja, wie lange, aber ihnen ist auch klar, dass er auf jeden Fall mehrere Menschenleben auf dem Gewissen hat.«

»Tja. Was ist schlimmer, der Vater eines Mörders oder eines Ermordeten zu sein? Schwierige Frage.« Korhonen schien ernsthaft nachzudenken, doch nach einer Weile grinste er breit. »Aber bei dir sind die Herzensangelegenheiten wieder im Lot. Marja kehrt aus Übersee zurück in heimische Gefilde, und der sehnsüchtig wartende Bräutigam gibt seinem Herrenhaus den letzten Schliff.«

»Hör mit der Frotzelei auf. Wie steht es denn um dein bewegtes Liebesleben?«, lächelte ich zurück.

Korhonen schnitt mir eine Grimasse. »Dabei fällt mir ein, unsere Datenschutzabteilung hat festgestellt, dass in meinem E-Mail-Programm eine seltsame Kopierfunktion aufgetaucht ist, die von sich aus Nachrichten an irgendeine unbekannte Adresse schickt. Du hast davon wohl keine Ahnung?«

»Wie sollte ich. Aber es gibt ja so viele Viren.«

»Ja, ja. Du hast bestimmt Firewalls und Schutzprogramme von Rus-Secure oder sonst wem. Vielleicht könntest du deinen Daten-Gospodin mal fragen, ob er mir helfen kann. Unsere Datenschutzheinis sind echte Nerds, die lassen nicht locker. Und darunter haben am Ende alle zu leiden.«

Korhonen spitzte die Lippen. »Und meine delikaten Frauengeschichten lässt du besser in Ruhe. Ich könnte sagen, es handelt sich um eine platonische Beziehung, aber darunter würdest du armer Tölpel sicher Oralsex verstehen.«

Ich gab zurück, er solle seine oralen und sonstigen Beziehungen anderswo pflegen als auf meinem Grundstück. Leeres Geschwätz bringe die Arbeit nicht voran, fügte ich lachend hinzu. Korhonen nickte und wollte schon gehen, drehte sich aber noch einmal um und betrachtete die Baustelle. Der kleine Traktor holte unermüdlich Schaufel um Schaufel vom Sandhaufen.

»Wirklich ein Ass auf dem Bobcat, der Junge«, sagte Korhonen.

Preisgekrönt: Matti Rönkä

FINNISCHER KRIMIPREIS 2006
KRIMIWELT-JAHRES-BESTENLISTE 2007
DEUTSCHER KRIMI PREIS 2008

Matti Rönkä: Der Grenzgänger
Aus dem Finnischen von Gabriele Schrey-Vasara
222 Seiten. ISBN 978-3-89425-560-2

Privatdetektiv Viktor Kärppä ist russischer Emigrant und ein Mann mit besonderen Fähigkeiten, die viele Herren auf beiden Seiten der finnisch-russischen Grenze zu schätzen wissen. Sein jüngster Auftrag lautet, Sirje Larsson zu finden. Ein Routinejob, denkt Viktor. Doch die Suche nach der Vermissten stört die Kreise gnadenloser Gangster. Viktor gerät in das Fadenkreuz russischer Spione und estnischer Schmuggler.

»Ein kluger, gradliniger Roman, in dem viel, sehr viel Gewichtiges und Bedenkenswertes eingewoben ist.«
Ulrich Noller, WDR

»Ein Klassiker schon jetzt!«
Bayerischer Rundfunk

»Dieser zum ausgedehnten Selbstbetrug fähige Ermittler des Finnen Matti Rönkä ist ein großer Wurf, weil er alles andere darstellt als noch eine Knautschverpackung hehrer Werte.«
Tages-Anzeiger

»Wenn Matti Rönkä künftig das Niveau seines Erstlingsromans ›Der Grenzgänger‹ halten kann, ist die internationale Krimiszene um einen Autor von höchstem Niveau reicher. Spannender kann man einfach nicht schreiben als der Finne. Einfach genial!«
Emsdettener Volkszeitung

»›Der Grenzgänger‹ heißt folgerichtig mehrdeutig der erste Roman um Kärppä, der voller faszinierender Geschichten aus einer Weltgegend steckt, über die wir viel zu wenig wissen. Das Schönste aber: Rönkä erzählt mit ganz wirkungsvollen Mitteln kunstvoll einfach.«
Thomas Wörtche